日向一雅著

源氏物語の世界

岩波新書

883

凡　例

一　『源氏物語』の引用は岩波書店「新日本古典文学大系」本により、表記を一部変えた場合がある。

一　『紫式部日記』『三宝絵詞』の引用は「新日本古典文学大系」本によった。

一　『律令』の引用は岩波書店「日本思想大系」本、『令集解』の引用は吉川弘文館「新訂増補　国史大系」本によった。

一　『源氏物語』の注釈書は『紫明抄』『河海抄』は角川書店版、『花鳥余情』は桜楓社版、『岷江入楚』は武蔵野書院版によった。

主要登場人物の系図

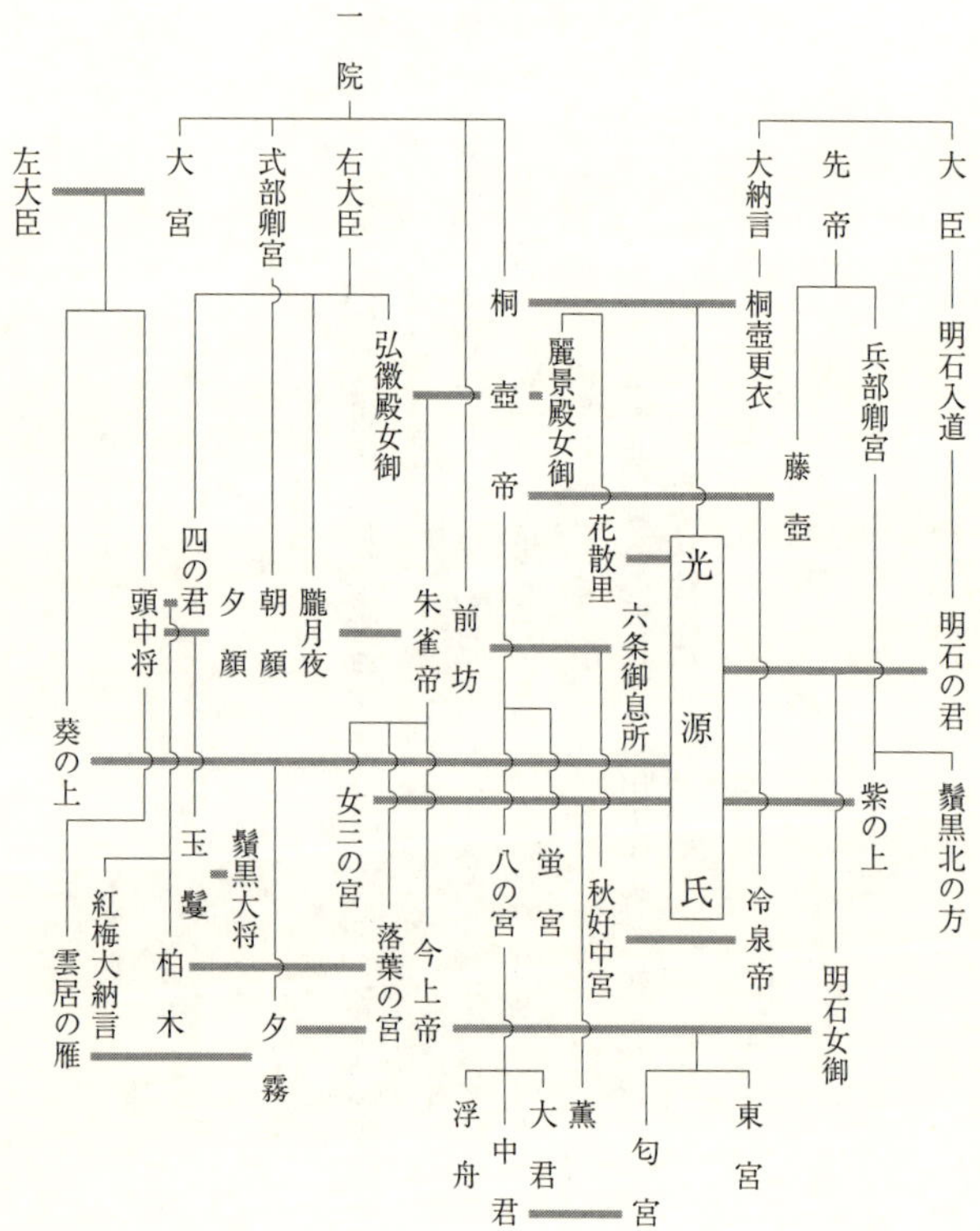
一院
左大臣
大宮
式部卿宮
右大臣
大納言
先帝
大臣
桐壺
桐壺更衣
麗景殿女御
弘徽殿女御
兵部卿宮
明石入道
藤壺
帝
花散里
光源氏
四の君
頭中将
夕顔
朝顔
朧月夜
朱雀帝
前坊
六条御息所
明石の君
葵の上
女三の宮
紫の上
鬚黒北の方
玉鬘
鬚黒大将
八の宮
蛍宮
秋好中宮
冷泉帝
紅梅大納言
柏木
落葉の宮
今上帝
明石女御
雲居の雁
夕霧
浮舟
大君
中君
薫
匂宮
東宮

目次

――源氏物語の世界

凡　例
主要登場人物の系図
平安京内裏図

プロローグ――桐壺巻の四つの謎　1

第一章　桐壺帝の物語……11
1　桐壺帝とはどのような帝か　13
2　光源氏の誕生　24

第二章　「雨夜の品定」と女君の人生……29
1　「雨夜の品定」の女性論　31
2　空蟬・夕顔・末摘花の物語　41

第三章　若き光源氏の恋と挫折……51

目次

1 光源氏の恋の原点 53
2 六条御息所と物の怪 63
3 逆境の時代へ 69
4 明石の君の物語 78

第四章 権勢家への道……83
1 光源氏の政権の確立 85
2 冷泉帝の出生をめぐって 93
3 光源氏の惑い 96
4 太政大臣光源氏 99

第五章 六条院の栄華と恋……105
1 六条院の造営 107
2 玉鬘の物語 111
3 光源氏の栄華と「帝王の相」 123

第六章　暗転する光源氏の世界……129
1　女三の宮の降嫁　131
2　紫の上の苦悩　134
3　明石一門の物語　139
4　紫の上の祈り　148
第七章　光源氏の宿命……153
1　柏木の恋　155
2　柏木はなぜ死んだか　161
3　女三の宮の悲しみ　166
4　夕霧と雲居の雁と落葉の宮　170
5　紫の上の死　174
第八章　薫と宇治の姫君たち……181
1　光源氏の没後の世界　183

2 八の宮と姫君たち 189
3 薫と大君 194
4 柏木から薫へ 200
第九章 薫と浮舟の物語……205
1 薫と中君と匂宮 207
2 浮舟の登場 211
3 浮舟の悲劇 217
4 浮舟は再び生きられるか 225
エピローグ 233
源氏物語年立

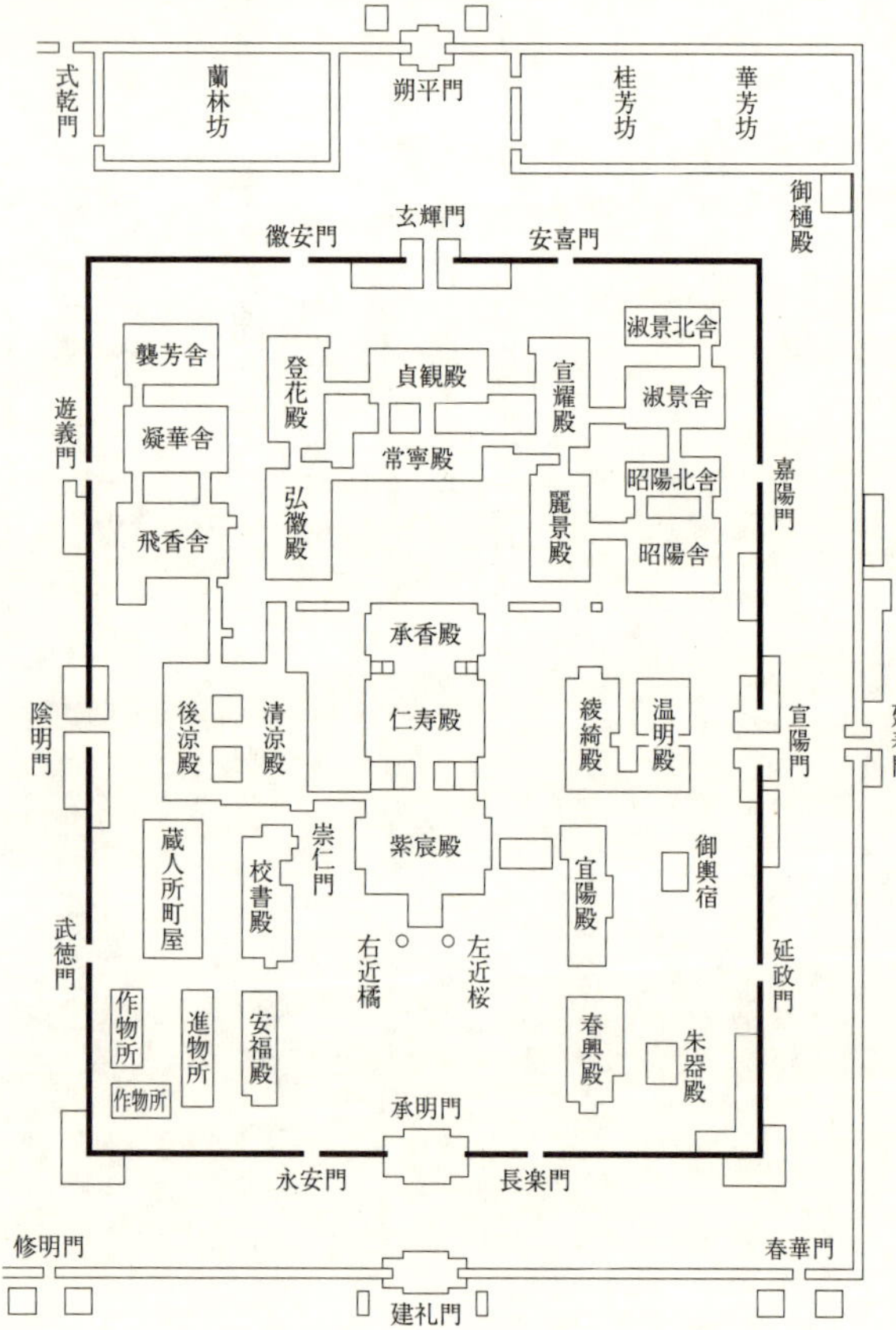
式乾門
蘭林坊
朔平門
桂芳坊
華芳坊
御樋殿
徽安門
玄輝門
安喜門
襲芳舎
登花殿
貞観殿
宣耀殿
淑景北舎
淑景舎
遊義門
凝華舎
常寧殿
嘉陽門
昭陽北舎
飛香舎
弘徽殿
麗景殿
昭陽舎
承香殿
陰明門
後涼殿
清涼殿
仁寿殿
綾綺殿
温明殿
宣陽門
建春門
蔵人所町屋
校書殿
崇仁門
紫宸殿
宜陽殿
御輿宿
武徳門
右近橘
左近桜
延政門
作物所
進物所
安福殿
春興殿
朱器殿
作物所
承明門
永安門
長楽門
修明門
春華門
建礼門
平安京内裏図

プロローグ——桐壺巻の四つの謎

源氏物語の成立

源氏物語は光源氏の生涯を中心にして、年代記的にいうと源氏の両親から孫の世代まで四世代、七十余年にわたる長編物語である。書かれたのは十一世紀初め、ちょうど千年前、作者は誰もが知っているように、紫式部という、一条天皇の中宮藤原彰子《しょうし》に仕えた女房である。『紫式部日記』寛弘五年(一〇〇八)の記事には、一条天皇の皇子を出産した彰子が宮中に帰参するにあたって源氏物語の清書本を作成したことや、源氏物語を女房に読ませて聞いた一条天皇が作者の紫式部は「日本紀」(六国史)を講義したらよいという感想を述べたということ、彰子の父の左大臣藤原道長が紫式部を「すきもの(好色者)」と冷やかしたり、当時の文壇の重鎮であった中納言藤原公任《きんとう》が宴席の場で、「このわたりに若紫やさぶらふ」と言って式部に話しかけてきたことなどが記されている。

これらの記事は源氏物語が書かれた当時からすでに傑作として高く評価されたらしいことを推測させる。物語といえば「女の御心《みこころ》をやるもの(気晴らしの弄びもの)」(『三宝絵詞《さんぼうえことば》』)と見下されていた時代に、源氏物語だけは同時代の最も身分の高い男性貴族たちが競って話題にしたからである。

それ以来源氏物語は読みつがれてきた。おそらく日本の古典文学の中でもっとも広く読まれているはずだが、今では世界の主要な言語による翻訳も出そろっていて、世界中で読まれている。それほど多くの読者を獲得している源氏物語とはどのような物語なのだろうか。どこにそうした魅力があるのだろうか。あるいは人々は源氏物語に何を読んでいるのだろうか。

源氏物語はどのような物語か

源氏物語は恋物語、愛の物語に決まっているではないかと言われそうであるが、はたしてそうなのか。それで源氏物語を十全に理解したことになるのだろうか。本書では源氏物語は恋の物語、愛の物語であると同時に、王権の物語、家の物語、あるいは諷諭《ふうゆ》の物語であるという観点から述べていきたい。それだけではなく源氏物語は読者に意味を問いかける物語、あなたはどう考えるかと問いかける物語であるという観点をも念頭に置いて述べていきたい。

なぜそのように言うかというと、源氏物語の中世の大変すぐれた注釈書である『河海抄《かかいしよう》』(一三六二年成立)が次のように言っている。

（源氏物語は）誠に君臣の交り、仁義の道、好色の媒《なかだち》、菩提の縁《えにし》にいたるまで、これをのせずといふことなし。そのおもむき、荘子《そうじ》の寓言《ぐうげん》に同じきものか。詞《ことば》の妖艶さらに比類なし。

古めかしい言い方であるが、これは源氏物語の広範囲にわたる内容をきわめて簡潔的確に言い当てているものであると思う。天皇と臣下との交わり、人としての正しい道、恋愛、仏道による救済という事柄が語られているというのである。言い換えれば、王権と政治、人倫、恋愛、宗教が主題とされていると理解してよい。源氏物語は恋物語、愛の物語であるというのはそのとおりであるが、もっと広く人間の生き方や政治や宗教に及ぶ内容の文学として理解すべきであるということを、『河海抄』は指摘していたのである。そのように考えるのがよいと思うし、そのような文学としてしっかりと鑑賞できることこそ源氏物語が第一級の文学であることの証拠にほかならない。

「荘子の寓言に同じきものか」という批評は難解であるが、荘子は古代中国の道家の思想家で「寓言」という方法で人間や社会を批評した。それと同様の方法が源氏物語にはあるというのであり、ここではそれを諷諭の方法というふうに理解しておく。「詞の妖艶さらに比類なし」とは、いうまでもなく文章表現のすばらしさのことである。

『河海抄』は源氏物語を多義的多面的な構造体として捉えていたのであり、本書でもそのような観点に立って述べていきたい。

読者に意味を問いかけるとは?

源氏物語の冒頭、桐壺巻《きりつぼのまき》は「いづれの御時《おおんとき》にか、女御《にょうご》、更衣《こうい》あまたさぶらひ給《たま》ひける中に、いとやむごとなき際《きわ》にはあらぬが、すぐれてときめき給ふありけり」と始まる。どの天皇の御代であったか、女御や更衣が大勢お仕えしていた中で、それほど高い身分ではないが、格別に時めいていらっしゃる方がいた。この天皇が桐壺帝で、彼が寵愛したのが桐壺更衣《きりつぼのこうい》である。光源氏の両親である。

有名な一節であるが、この「いづれの御時にか」とはどういう意味なのか。これが何を意味しているのかと、中世の注釈書は問い続けた。「いづれの御時にかといへる、おぼつかなし。例にひき申すべきみかどいづれぞや」(『紫明抄』一二六〇年頃成立)と。そして桓武・仁明《にんみょう》・嵯峨・醍醐という各天皇について、どの天皇が桐壺帝の「例」としてふさわしいかを議論した。桐壺帝とはどのような天皇なのか、桐壺帝の時代はどのような時代なのか、どのような政治を行ったのか、なぜ「いづれの御時」とおぼめかした言い方をするのか、そのような問いかけである。これを桐壺巻に仕組まれた第一の謎と見ることができる。

その答えは、桐壺帝は「聖主」といわれた醍醐天皇に準拠しており、桐壺帝の時代は醍醐天皇の「聖代」を模倣するように書かれているというのである。醍醐天皇の年号を延喜《えんぎ》と呼ぶので、このような解釈を延喜準拠説という。『河海抄』によって定説化するが、これについては後に触れる。

いうまでもなく、これはこれ以後の桐壺帝の物語を踏まえての解釈であるが、言い換えれば、冒頭の一句がそうした解釈を呼び起こす問いかけ、謎掛けになっていたと考えてよい。これを意味を問う方法、あるいは謎掛けの方法と呼ぶことにする。

それでは桐壺帝が醍醐天皇に準拠しているとした場合、それはどのような意味を持ってくるのか、再度その物語の意味が問われることになるだろう。それらの点については次章以下で検討するが、源氏物語にはそのような問いかけを読者に喚起する構造がある。これは源氏物語の大きな特色である。

桐壺更衣の入内の謎

その桐壺帝に入内《じゆだい》して寵愛を一身に受けたのが光源氏の母の桐壺更衣であるが、第二の謎は桐壺更衣の入内に関わる。桐壺更衣の父、按察《あぜち》大納言は「ただこの人の宮仕への本意《ほい》、必ず遂げさせたてまつれ。われ亡くなりぬとて、口惜しう思ひくづほるな」(桐壺)と遺言していた。自分が死んでも更衣の入内は必ず成し遂げよ、決して諦めてはならないと。

ここで何が謎かというと、大納言が娘の更衣の入内を彼の死後に実行させていることである。大納言は更衣の入内に何を期待したのであろうか。通常この時代の入内は一門の繁栄を目的としたはずであるから、更衣を入内させる大納言の目的は更衣が皇子を生み、その皇子が即位して、大納言が天皇の外戚になることであったと考えてよい。そこまでうまく行かなくとも、大納言家の繁栄を念願したからだと考えられる。

ところが、更衣の入内は大納言の死後であり、大納言には家を継ぐべき男子がいなかったから、たとえ更衣の生んだ皇子が即位したとしても大納言家は断絶するほかなかったのである。そして実際に更衣は光君三歳のときに夭逝し、大納言家は後継者のいないまま絶えた。そうした家の断絶が予見できたにもかかわらず、更衣を入内させた大納言の意図は何であったのか。そういう疑問、謎がここには存する。その謎解きが物語の重要な主題的世界となっていく。のちに明石一門の物語がその主題を引き継ぐのであり、按察大納言の遺言は物語の長編構造の起点として据えられた謎であった。

光源氏の「帝王の相」とは何か

桐壺帝は光君が七歳になった時、たまたま来日した高麗《こま》の相人《そうにん》に光君の人相を占わせた。相人は光君には「帝王の相」があるが、帝王になるとすると「乱れ憂ふること(乱憂)」が予見される。しかし決して「臣下の相」ではないと占った。相人は光君を右大弁(右弁官局の首席)の子と聞いていたから、その子が「帝王の相」を持つことに驚き不審に思った。古代中国の観念で言えば、臣下の子が帝王になるとすれば、易姓革命である。新しい王朝ができるということである。相人はそのように考えたにちがいない。

この相人の占いを聞いて、桐壺帝は光君を臣籍に下し源《みなもと》姓を賜った。光源氏の誕生である。桐壺帝は光君が帝王になるとすると、「乱憂」を避けられないという占いに基づいて、「乱憂」の人生を回避すべく臣下にしたと考えられる。しかし、ここで新たな問題が生ずる。臣下に下った源氏は、いかにして「帝王の相」を成就するのか。皇子であってもいったん臣下に下ると、帝王になることは通常ありえない。物語は光源氏がどのようにして「帝王の相」を実現するのかという謎をここに仕組んだのである。第三の謎である。ここから光源氏の非日常的な王権の物語が始まる。

「長恨歌」の引用の意味

桐壺帝と桐壺更衣の物語には随所に中国の唐代の詩人、白居易《はっきょい》(七七二〜八四六)の「長恨歌《ちょうごんか》」が引用される。「長恨歌」は唐の玄宗皇帝が楊貴妃を溺愛し、楊氏一族の専横を許したために、安禄山の乱を招き、楊貴妃は殺され、玄宗皇帝は都を追われたという史実に基づいている。桐壺帝の更衣に対する寵愛は後宮の序列を無視して常軌を逸していたので、宮廷では公卿たちがこの「楊貴妃のためし」を思い起こして、帝を非難するようになったと語られる。

これを初めとして桐壺帝の更衣を亡くした悲しみは、楊貴妃を亡くした玄宗皇帝の悲しみに重ね合わせて語られた。

尋ねゆく幻もがなつてにても魂《たま》のありかをそこと知るべく　（桐壺）

これは「長恨歌」を引用した哀傷歌（死者を悲しむ歌）である。「長恨歌」では悲嘆にくれる玄宗皇帝に同情した道士《どうし》が方士《ほうし》という者を遣わして、地の底から空のかなたまで死んだ楊貴妃の住みかを探させ、方士は蓬萊宮に楊貴妃を尋ね当てて形見の品を持ち帰ったと歌われた。その一節を引用して桐壺帝はそのような幻術士がいてくれたら、更衣の魂のありかがどこか知ることができるのにと歌う。

「長恨歌」は「天長く地久しき、時に尽くること有れども、此の恨みは綿々として絶ゆる期《とき》無けむ」と、天地は滅びる時があるが、愛する人を亡くした恨みは永遠に尽きることはないと歌った。桐壺帝にとって更衣を亡くしたことはそのような「長恨」にほかならなかった。

だが、それから数年後、桐壺更衣にそっくりの藤壺が入内した時から桐壺帝は徐々に悲しみから立ち直っていった。桐壺帝の更衣に対する「長恨」の悲しみは癒されたのであろうか。ここから第四の謎が始まる。本人によく似た「身代わり」のことを源氏物語では「形代《かたしろ》」と呼ぶが、「長恨」の悲しみは「形代」によって癒されるのか。桐壺帝は癒されたようであるが、この「長恨」と「形代」の問題は光源氏が引き継ぎ、「宇治十帖《うじじゅうじょう》」の薫が背負わされた、彼らの人生にとっての重い課題であった。源氏物語はこの問題に何を見ていたのであろうか。

源氏物語をどう読むか

右に見てきた四つの謎はいずれも桐壺巻の物語に即してのものである。その謎はこの後の物語の中で一つ一つ解き明かされていく。ということは桐壺巻が長編物語の始発の巻にふさわしい構想の核をしっかりと仕込んでいたということである。その意味で桐壺巻は大変重要な巻であった。

それと同時に、それらは源氏物語が複数の主題を重層させる小宇宙であり、多義的多面的な構造の作品であることを示しているといえよう。そうした作品を読み解くために大事な方法は作品世界に同化し、作品の論理を追体験的に内在的に理解することである。源氏物語はそのような態度で臨まないと、理解の難しい作品である。その際に本書では中世、近世の源氏物語の注釈書を活用したいと思う。今日の源氏物語の解釈がそれら中世、近世の注釈書を踏まえることによってより正確に厳密になってきているからであるが、それだけではなくそこには現代の我々が気付かずにいる、いわば前近代の伝統的な観念や論理が息づいている。そうした観点を活用することで源氏物語の世界の歴史的な背景、その重さや深さをより具体的に理解できるようになると思うのである。

第一章

桐壺帝の物語

高麗の相人による観相(桐壺)．中央に7歳の源氏，左に相人，右に右大弁(京都国立博物館蔵，土佐光吉筆『源氏物語画帖』より)

〈物語の概要〉

源氏物語は桐壺巻からはじまる。桐壺は内裏の後宮の殿舎の一つ、淑景舎《しげいしゃ》の別名。光源氏の母はその桐壺に住んだ更衣という身分の妃であったので、桐壺更衣と呼ばれる。桐壺帝はその桐壺更衣を寵愛したところからの命名。ともに作者の命名である。桐壺帝は身分のそれほど高くはない桐壺更衣を寵愛したが、それがあだとなって更衣は後宮の怨みの的になり、皇子光君を生むが、三歳の夏に急逝する。光君の名はその美しさを讃えて人々がそう呼び、高麗の相人が付けた名である。桐壺帝の悲しみは深かったが、数年後に更衣によく似た藤壺女御を迎え、光君と親しくさせる。藤壺は飛香舎《ひぎょうしゃ》という殿舎の別名であるが、そこに住んだ女御なので、藤壺女御という。女御は更衣より高い身分の妃。「帝王の相」があると占われた光君であったが、桐壺帝は臣籍に下して源氏とし、光源氏十二歳の年に左大臣家の葵の上と結婚させた。桐壺帝は左大臣と連合して文化隆盛の聖代を築き上げる。一方、光源氏は藤壺女御への恋に苦しむ。

（桐壺・若紫・紅葉賀・花宴・賢木）

1　桐壺帝とはどのような帝か

物語の冒頭

源氏物語は主人公光源氏の誕生に先立って、彼の両親の物語を詳しく語った。なぜ源氏物語は光源氏の両親、桐壺帝と桐壺更衣の物語からはじまるのか。平安時代の物語は主人公の親の紹介からはじまるのが通例であったからだと言われる。それは主人公の出自や境遇を紹介するためである。しかし、桐壺帝と桐壺更衣の物語はそうした説明ではとても納得できないだろう。桐壺帝と桐壺更衣の物語は二人の愛の物語であるとともに、桐壺帝には天皇としての生き方が問われており、桐壺更衣には父の故按察《あぜち》大納言の遺言が背負わされていた。そのような親たちの人生が光源氏の人生に重く深く関わるものであったからである。源氏物語は冒頭から同時代の物語の水準を超える意欲的で野心的な物語を目指していた。

桐壺帝の試練

桐壺帝の後宮には右大臣家の弘徽殿女御《こきでんのにょうご》をはじめ大勢の有力な女御や更衣が仕えていたが、

帝は彼女たちを差し置いて、あまり身分の高くない桐壺更衣を熱愛した。これが後宮の序列や掟を無視するものとして非難された。「唐土《もろこし》にもかかる事の起こりにこそ、世も乱れあしかりけれ」とか「楊貴妃のためし」(桐壺)というように、国政の乱れどころか天下大乱につながりかねないふうに取り沙汰されるようになった。物語はこのように始まる。

プロローグでも触れたが、中世を代表する源氏物語の注釈書である『河海抄』は、この箇所について殷の紂王《ちゅうおう》は妲己《だっき》を愛し、周の幽王は褒姒《ほうじ》を寵愛したために天下が乱れたが、玄宗皇帝の楊貴妃の例も同様であり、そうした例は数多いと注釈した。桐壺帝の更衣寵愛はそうした中国の史実を例として、宮廷貴族たちから批判されたのである。

だが、桐壺帝の更衣寵愛がはたして「世の乱れ」を引き起こすほどのものであったのだろうか。何か不当に大仰な非難がされているという印象が強い。

この非難の声は上達部《かんだちめ》や殿上人《てんじょうびと》という宮廷貴族層からあがった。これは何を意味していたのだろうか。桐壺帝には父上皇(一院《いちのいん》と呼ばれている)が存命であったにもかかわらず、こうした大仰な非難の声があがるということは尋常ではない。ここには桐壺帝の権威が確立していなかっただけでなく、さらに桐壺帝の皇統が宮廷貴族から十全な支持を得られていなかったらしいことが推測される。

桐壺帝の物語はそういう王権の不安定な状態から語り起こされたと考えられる。桐壺帝には東宮時代に右大臣家の弘徽殿女御が入内して第一皇子を儲けていたが、桐壺更衣はその後に入内したのであった。右大臣家は第一皇子(のちの朱雀《すざく》帝)の即位をできるだけ早く実現して外戚として摂関家になることを目指していた。桐壺帝の更衣寵愛に対する非難の中心が右大臣家の勢力であったことは間違いない。桐壺帝は、そうした外戚として摂関家を目指す権勢家を排除して、親政の理想を追求していたと考えてよい。

桐壺更衣の死後には先帝の内親王である藤壺を入内させて中宮(正妃)につけたように、右大臣・弘徽殿女御の勢力の押さえ込みが桐壺帝の一貫した方針であった。弘徽殿腹の第一皇子ではなく光君を東宮につけたいと考え、また朱雀帝への譲位の時には藤壺腹の皇子(のちの冷泉《れいぜい》帝)を東宮に立てたのも、これらの皇子には外戚の勢力が不在であり、即位した暁には親政の実現が確実に期待できたからである。桐壺帝の妃の寵愛がはじめからそうした政治的な意図を優先していたわけでもあるまいが、結果から見ると桐壺帝の愛は政治的であった。

政治と不可分の愛

天皇の愛は政治と不可分であるという現実を物語は語っていたのである。弘徽殿女御は桐壺帝の東宮時代に入内し、第一皇子の他にも皇女たちを儲けていたので、帝は誰よりも彼女を尊重していた。しかし、後から入内した桐壺更衣を寵愛した桐壺帝は光君が生まれると、第一皇子を差し置いて、光君を東宮に立てたいと願うようになった。それが弘徽殿女御を疑心暗鬼にした。だが、そういう中で彼女は帝に反発したり恨みごとをいうのではなく、諫言した。「この御方の諫《いさ》めをのみぞなほわづらはしう心苦しう思ひ聞こえさせ給ひける」(桐壺)というように、桐壺帝は弘徽殿女御の諫言を厄介でめんどうなことども、すまなくも思っていた。

この「諫め」の内容は語られないが、桐壺帝の更衣寵愛や立太子のことに関して、後宮の秩序や立坊《りつぼう》(立太子)の慣例を挙げていわば理路整然と道理を説いたのであろう。単に感情的な反発や恨み言では「諫め」にはならない。帝に対して諫言する女御であったというところに、弘徽殿女御の政治的才覚があった。桐壺帝が「わづらはしう」思った理由である。

「呂后本紀」と弘徽殿女御

この弘徽殿女御の「諫め」の箇所に、これまた源氏物語の古注釈を集大成した『岷江入楚《みんごうにっそ》』(一五九八年成立)は、中国の歴史書である『史記』「呂后本紀《りょこうほんぎ》」の呂后の故事を引く。呂后は人となりが剛毅で漢の高祖《こうそ》を助けて天下統一に功績があった女傑。高祖の若い時に結婚し、恵帝《けいてい》を儲けていたが、後に高祖が戚《せき》夫人を寵愛しその子の如意《にょい》を即位させようとした時に、四人の賢人を恵帝の後見としてその即位を実現した。この高祖－呂后－戚夫人の関係に桐壺帝－弘徽殿女御－桐壺更衣が相当し、恵帝－如意に朱雀帝－光源氏が相当するとした。すなわち高祖の後宮における戚夫人寵愛と立太子の争いが、桐壺帝の後宮における桐壺更衣の寵愛と立太子争いに重ね合わされた。

「呂后本紀」の引用については、後の賢木《さかき》巻でも桐壺院に先立たれた藤壺が自分の立場を戚夫人になぞらえるところがあるが、ここの物語でも「呂后本紀」が踏まえられていると考えてよい。そして呂后を引用することで、桐壺帝に諫言する弘徽殿女御の性格の強さや政治的才覚は浮き彫りにされてくる。『岷江入楚』は呂后について、「性が強くして女のやうにもなく、毒々しき人なり」と批評したが、それはそのまま弘徽殿に対する批評でもあった。

桐壺更衣を亡くして桐壺帝が悲嘆に沈んでいた時、弘徽殿女御はあてつけがましく夜更けまで管弦の遊びをすることがあり、帝は不愉快な気持ちで聞いていた。そういう弘徽殿の性格について物語の語り手は、「いとおし立ちかどかどしき所ものし給ふ御方にて、ことにもあらず思《おぼ》しけちてもてなし給ふなるべし」(桐壺)と語る。気が強く角のある方なので帝の悲しみをまったく無視するふうに振る舞うのであろうと。これについても『岷江入楚』は「弘徽殿の性を書きあらはせり。呂太后に似たぞ」と記す。そのとおりであろう。だが、弘徽殿女御の気性が

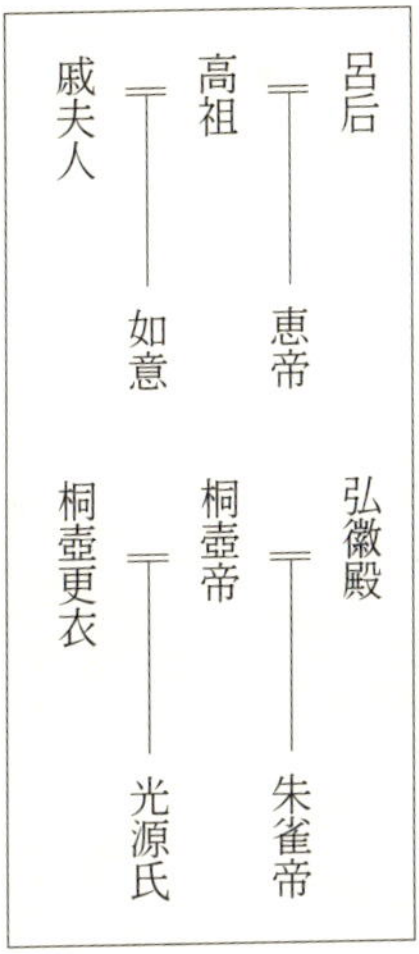

はげしいとはいえ、桐壺帝がただ我慢するほかなかったところに、この時期の桐壺帝の気弱さがあった。それはそのまま桐壺帝の王権の脆弱さでもあった。

親政の開花

そういう状況も弘徽殿女御の第一皇子が東宮に立ったことで、右大臣家と桐壺帝との対立が緩和され、徐々に変化する。さらに藤壺女御の入内は桐壺帝の後宮を新たに再編成することになった。藤壺は亡き桐壺更衣にそっくりだったから、桐壺帝は藤壺を寵愛したが、彼女は先帝の皇后腹の内親王という高貴な身分であったから、誰も非難できなかった。桐壺帝の後宮は藤壺を中心とする序列で再編成された。加えて、十二歳になった光源氏が左大臣家の娘葵《あおい》の上《うえ》と結婚して、桐壺帝と左大臣との連合が成立し、右大臣家の勢力を圧倒した。ここに桐壺帝の王権は安定を見る。即位後十数年が経っていた。

これ以後、譲位までは十年ほどであるが、その期間が桐壺帝の親政が花開いた時期である。桐壺帝の主催した父・一院のための朱雀院における紅葉の賀宴や、紫宸殿《ししいでん》での桜花の宴は盛大な舞楽や詩作によって文化隆盛の時代の到来を告げていた。そういう桐壺帝の権力の確立を端的に示すのが藤壺の立后(中宮に立つ)である。世間では東宮の母として二十余年にもなる弘徽殿女御を差し置いて、藤壺が立后することに批判があったが、桐壺帝は今やそれを押さえる力を十分に持っていた。

桐壺帝造型の方法――醍醐と宇多の面影

そのような桐壺帝の物語は歴代の天皇との関わりが深い。延喜準拠説によれば、桐壺帝は醍醐天皇に比定されるが、まずその根拠を物語の中で確認しておこう。

それは桐壺更衣を亡くして悲しみにくれる桐壺帝が宇多天皇(八八七〜八九七在位)の作らせた「長恨歌」絵巻に親しんでいること、また宇多天皇が譲位に際して醍醐天皇に与えた『寛平御《かんぴょうご》遺誡《ゆいかい》』に従って行動していることである。宇多は醍醐の父である。

あたかも桐壺帝は宇多天皇の子であるかのように設定されている。これが桐壺帝を醍醐天皇に比定する根拠である。

仁明┬文徳――清和――陽成
　　└光孝――宇多――醍醐

だが、桐壺帝が右大臣家ときびしく対立する物語は、醍醐天皇との類似よりもむしろ宇多天皇との共通点が目立つ。宇多は父光孝天皇の崩後、二十一歳で即位したが、青年天皇らしく文徳－清和－陽成と続いた皇統における藤原良房《よしふさ》・基経《もとつね》による摂関政治に代わって、親政に意欲を示した。これが関白基経との対立を生み、基経の薨じるまでの三年余りきびしい対立が続いた。基経の薨後、菅原道真の登用など先例にとらわれない政治を行い、親政の実を挙げる。醍醐はそうした父宇多の敷いた親政を踏襲した。桐壺帝を親政を目指す天皇とした物語は、そうした新しい政治を目指す天皇の物語を構想していたと考えてよい。桐壺帝の即位も二十歳前後と見られ、青年天皇らしい意欲的な親政への志向が外戚となって摂関家を目指す右大臣家の勢力と対立したのである。桐壺帝の物語は醍醐に準拠するだけでなく、宇多との共通点にも注目する必要がある。

桐壺帝と宇多天皇との共通点としては、特に末摘花《すえつむはな》巻にふれられる男踏歌《おとことうか》が注目される。『河海抄』によればこの行事は、聖武天皇の天平元年(七二九)正月十四日に初めて行われた、由緒ある正月の年中行事であった。清涼殿の東庭で舞人・歌人が踏歌(足を踏み鳴らして歌い舞う)を行い、天皇に祝詞を奏してから、宮中を出て院宮などを回って暁に宮中に帰参する。仁明天皇の時代まで行われたが、文徳・清和・陽成・光孝の四代は中絶していたのを、宇多が「承和《じようわ》(仁明天皇の年号)の旧風」を尋ねて再興した。「新年の祝詞、累代の遺美」(『年中行事秘抄』)と称賛された行事である。「承和の旧風」の再興とは、仁明天皇の遺風を継承して、文徳・清和・陽成の旧皇統とは異なる新しい皇統の歴史を開こうという宇多の意欲の現れであった。桐壺帝が男踏歌を行っていることもその意味で注目されるのである。

さらに宇多天皇と桐壺帝とを比較してみると、宇多は譲位後、醍醐天皇に対して院政的な関わりをしたことが明らかになっているが、桐壺帝も譲位後、朱雀帝に対して院政的な権威を振るった。「(桐壺院は)御位を去らせ給ふといふばかりにこそあれ、世の政《まつりごと》をしづめさせ給へることも、わが御世の同じことにておはしまいつるを」(賢木)と。宇多の『寛平御遺誡』と桐壺帝の遺言も類似する。桐壺帝と宇多天皇との共通点は思いのほか多い。

延喜準拠説は桐壺朝を聖代として理解する上では有益であったが、桐壺帝の物語の全体を見わたすと延喜準拠説だけでは不十分であり、むしろ宇多の治世と関わらせて理解する必要がある。宇多との対比をとおして、桐壺帝の親政を目指す天皇という性格は鮮明になる。

桐壺更衣と藤原沢子

その宇多の尊崇した仁明天皇の女御、藤原沢子の伝記が桐壺更衣の経歴にたいへんよく似ていることが指摘されている。沢子は藤原総継《ふさつぐ》の娘で、仁明天皇の寵愛を一身に受けて三皇子一皇女を生むが、突然病んで小車《こぐるま》で退出し急逝する。天皇はこれを哀悼して三位《さんみ》を追贈し葬儀を監護させた。『続日本後紀』の沢子の卒伝(四位・五位の貴族の略歴)は次のように記す。

女御従四位下藤原朝臣沢子卒す。故紀伊守従五位下総継の女《むすめ》なり。天皇これを納め三皇子一皇女を誕《う》む。寵愛の隆《さかん》なること、独り後宮に冠たり。俄《にわか》に病みて困篤し、これを小車に載せ禁中より出で、纔《わずか》に里第に到り便《すなわ》ち絶ゆ。天皇これを聞き哀悼し、中使を遣はし従三位を贈らしむ。左京大夫（略）藤原朝臣文山、少納言（略）藤原朝臣秋常等、並びに喪事を監護す。

（承和六年（八三九）六月三十日条）

桐壺更衣は桐壺帝の寵愛を独占しながら、光君三歳の夏、急に病が重くなり輦車《てぐるま》で退出し、その夜のうちに亡くなった。帝の悲しみはいうまでもなく、葬儀に当たり三位を追贈した。この更衣の経歴は沢子の場合とそっくりである。異例なことであるが、更衣の葬儀も桐壺帝の遣わした使者が「監護」したと思われる。桐壺更衣の卒伝を書けばほとんど沢子と同じような記事になったであろう。

藤原総継の官位は「紀伊守従五位下」であるから更衣の父大納言よりはるかに低いが、祖父は藤原北家の左大臣魚名《うおな》（七二一〜七八三）という名流であり、魚名の左遷事件によって没落した家である。沢子の姉妹の乙春《おとはる》は北家の嫡流の長良《ながら》に嫁ぎ、関白基経・清和皇后の高子《たかいこ》を生んだ。総継の家格は彼の官位からだけでは評価しえない。むしろ総継が長命であれば、受領の官位で終わるはずはなかった。総継は沢子の入内前後に亡くなった可能性がある。沢子の例は更衣の造型の準拠になったと考えてよい。桐壺更衣の人生は決して架空の物語ではなく、平安朝の歴史的現実のなかにありえたのである。

仁明天皇の聖代に見立てる

その更衣の生んだ光君は七歳の時に高麗《こま》(渤海国)の相人から、「帝王の相」があると占われ、日本の相人も同様の占いをしたが、沢子の生んだ時康親王(光孝天皇)は十九歳の時に、渤海国の大使王文矩《おうぶんく》から、「此の公子至貴の相有り。其れ天位に登ること必せり」と予言され、藤原仲直という相を善くする者も同様の占いをしたという記事が『三代実録』の「光孝天皇即位前紀」にある。それぞれ所生の皇子が「帝王の相」を持つと占われた点も桐壺更衣と沢子との類似点であるが、桐壺帝に即して見ると、桐壺帝が仁明天皇の位置に立つことになる。

そして実際、花宴《はなのえん》巻で、紫宸殿の桜花の宴の盛儀に感動した左大臣は、この盛儀が仁明朝を思い起こさせると言い、仁明天皇に召されて長寿楽を舞ってその文化隆盛をたたえた尾張浜主という百歳を越える老伶人《れいじん》(楽人)の故事を引き、自分を浜主に見立てて、「翁もほとほと舞ひ出でぬべき心ちなむしはべりし」と話した。左大臣は今の桐壺帝の時代を仁明朝に見立てた。すぐれた漢詩文が詠まれ、みごとな舞楽が披露された桜花の宴は聖代の証しであった。仁明朝は宮廷行事、宗教行事、文化文物の伝流、故実や先例などの広範囲にわたって宮廷文化を振興し、「承和の旧風」「承和の故事」といわれて後代から規範とされたのである。

物語は桐壺帝の時代を仁明、宇多、醍醐という三代を重ねるようにして構想していたと見てよい。こうした後代から王朝の模範と見なされた天皇の時代を選んで桐壺帝の物語は構成されたと考えられる。延喜準拠説だけでは桐壺帝の物語の理解は十分ではない。桐壺帝の物語は親政を目指す若く意欲的な天皇の物語として始まったのである。

2　光源氏の誕生

「形代」藤壺の登場

桐壺帝の更衣寵愛がきびしい非難にさらされたのも、帝の親政を掣肘《せいちゅう》しようとする有力貴族の政治的な意図と無関係ではなかったが、桐壺帝はそれに抗して更衣を愛し抜いた。それゆえに更衣を亡くした悲しみは深かった。桐壺帝はプロローグで触れたように、「長恨歌」を引用した哀傷歌、「尋ねゆく幻もがなつてにても魂のありかをそこと知るべく」を詠んだように、みずからを玄宗皇帝に重ね合わせていた。「長恨歌絵」に親しんだのもそうである。桐壺帝と更衣の物語は桐壺帝自身が「長恨歌」の世界を追体験するかのような物語になっていた。

だが、それだけでなく同じ白居易の「李夫人《りふじん》」が引用されていたことも確かめておこう。「李夫人」は元来諷諭詩であり、李夫人を亡くした漢の武帝の悲しみを、盛姫《せいき》を亡くした周の穆王《ぼくおう》や、楊貴妃を亡くした玄宗皇帝の悲しみと合わせて、美人の美しい姿や肉体は土に化しても、亡き美人を思う悔恨は永遠に消えることはない、生前にも惑い、死後にも惑うと歌った。

その諷諭のテーマは副題に「嬖惑《へいわく》に鑑《かんが》みるなり」とあるように、美人におぼれ惑った武帝を鑑《かがみ》として後世の天子を戒めるというものである。

桐壺帝が更衣への愛ゆえに生前に惑っただけでなく、死後にも惑ったことは更衣の死後は政務も投げ出して顧みなくなったのを宮廷貴族から批判されたところに明らかである。桐壺帝と更衣の物語は表には出さないが、「李夫人」をもしっかり踏まえて作られていた。ところで、「長恨歌」に追体験的に親しんでいた桐壺帝は、同じ主題の「李夫人」にも親しんでいたはずであるが、「李夫人」の諷諭の意味に気付いたとき、立ち直っていったのであろう。それは天皇としての自覚である。

桐壺更衣の死後五、六年経ったころ、更衣にそっくりの藤壺が入内した時から、桐壺帝に転機が訪れる。藤壺が更衣に似ていたのは他人のそら似でしかないが、しかし、顔立ちや姿がそっくりであるという理由で、藤壺は更衣亡き後の帝の最愛の人となり、帝は藤壺によって更衣を亡くした悲しみとようやく決別した。藤壺は桐壺更衣の「形代《かたしろ》」の役割を十二分に果たした。ここに桐壺帝は新しく蘇る。

源氏物語はこの「長恨」と「形代」のテーマを繰り返し変奏することになる。光源氏が藤壺を理想の女性として憧憬したのは「長恨」のテーマの読み替えである。源氏にとって藤壺への恋は現世では許されない恋として永遠の悔恨であるほかない。「長恨歌」や「李夫人」の愛する人を亡くした恨みを、愛する人に逢えない恨みに置き換えたのである。のちに紫の上が「形代」として呼び出されるのも必定であった。

桐壺帝における桐壺更衣と藤壺は源氏物語における「長恨」と「形代」の物語の原型であった。その桐壺帝の生きた愛の軌跡を光源氏はあたかもなぞるかのように生きる。

「帝王の相」をもつ臣下の物語

話を元にもどそう。桐壺帝の寵愛を独占した桐壺更衣であったが、光君三歳の夏、病状が急激に悪化したため宮中を去る。帝がどれほど深く愛そうとも、更衣は宮中で死ぬことは許されない。そのときに詠んだ歌が次の歌である。

限りとて別るる道の悲しきに生かまほしきは命なりけり　（桐壺）

今を最後として帝にもこの世にも別れて冥土に往くことが悲しいにつけても、生きていたいと思います。更衣の辞世の歌である。死に臨んで、もっと生きたいと訴えた人物は源氏物語五十四帖を通じて桐壺更衣以外にはいない。

更衣はこの歌を詠み、さらに息も絶え絶えに帝に申し上げたいことがあるふうであったが、苦しくて結局何も言えずに帝と別れた。更衣は帝に何を遺言したかったのか。光君を東宮にしてほしいということか、帝への感謝なのか、それとも父大納言の遺言のことなのか、更衣の遺した謎である。

もっと生きていたいと訴えた更衣は何かを見届けたいと願っていたのである。それが何かは謎であるが、更衣の入内にかけられた父大納言の遺言と関わりがあったのではないか。それが何かは、光源氏がその生涯をかけて果たすべき課題とされた。光源氏には暗黙のうちに母の家、按察大納言家の念願が託されたのである。物語は更衣の死と光源氏の誕生をそのような因果の定めとして語ろうとしていると見られる。

母を亡くした光君は六歳になった時には祖母をも亡くし、母方の親族が絶える。しかし、桐壺帝の鍾愛のもと光君はすくすくと成長し、七歳で読書始の儀をすますと、帝の膝下で勉学に励み、天賦の才能は人々をおどろかせ魅了する。先に述べたように、帝はそのころ来朝した高麗の相人に光君の相を占わせたのだが、相人は光君には「帝王の相」があるが、帝王になるとすると「乱憂」に遭うだろうと占った。これを聞いた桐壺帝は熟慮のすえに光君を臣下の身分すなわち「源氏」にした。光源氏の誕生である。すでに三年前に東宮を決定した以上、この観相によって光源氏を新しく東宮にするわけにはいかない。そのようなことをすれば「乱憂」を招くことは必定である。桐壺帝は光君の即位への道を閉ざしたのである。「帝王の相」を持った臣下の物語がここからはじまることはプロローグで触れた。それは按察大納言の遺言とも関わりをもっていたはずであるが、それがどのように関わるのかは謎である。「帝王の相」の予言をどのように読み解くかは源氏物語を読む鍵である。

光源氏は十二歳で元服するが、清涼殿での儀式は親王の格式に則った破格の元服式であった。元服した夜、光源氏は桐壺帝の最も信頼する廷臣である左大臣の姫君、葵の上を添《そ》い臥《ぶし》の妻として結婚するが、これもまた親王の結婚に準じる。光源氏の人生の門出は、父帝と左大臣という強力な後見に守られて順風満帆であった。

だが、そのころ彼はすでに父帝の女御藤壺をひそかに恋するようになっていた。光源氏の禁断の恋の始まりである。これが「帝王の相」の予言と関わることは誰も予想だにできなかった。

第二章
「雨夜の品定」と女君の人生

雨夜の品定(帚木).　左奥が源氏，　隣に頭中将(和泉市久保惣記念美術館蔵，土佐光吉筆『源氏物語手鑑』より)

〈物語の概要〉

光源氏十七歳の夏の長雨のころ、宮中の源氏の宿直所に頭中将、左馬頭、藤式部丞という友人たちが集まって一夜女性談義に花を咲かせた。これが「雨夜の品定」である。そこで語られた中流貴族の女の話は源氏にはもの珍しく新鮮で好奇心を掻き立てられた。実際に逢ってみた中流の女たちは、空蟬も夕顔も、源氏の予想に反して魅力的であり、また一方、末摘花はとびぬけて風変わりではあったが見捨てるわけにはいかないと思わせられた。源氏は彼女たちをとおして中流貴族の女たちの人生の有為転変を知り心うたれる。光源氏の青春の一齣である。

(帚木・空蟬・夕顔・末摘花)

1　「雨夜の品定」の女性論

「雨夜の品定」の意味

源氏物語の冒頭の桐壺巻では光源氏の誕生から十二歳での葵の上との結婚までが駆け足で語られたが、次の帚木《ははきぎ》巻は十七歳の夏の出来事を語る。その五年間に光源氏は人目を忍ぶ恋が多いと噂されるようになっていた。しかし、語り手は源氏は根はまじめで、ありふれた浮気などは好まない性格だと弁護する。そういう源氏を囲んで、陰暦五月の長雨のころ、宮中の物忌みに籠もる源氏の宿直所《とのいどころ》に頭中将《とうのちゅうじょう》、左馬頭《ひだりのうまのかみ》、藤式部丞《とうしきぶのじょう》という友人たちが集まって、女性談義に花を咲かせた。これを「雨夜《あまよ》の品定《しなさだめ》」というのは、のちに本文の中で「ありし雨夜の品定の後、いぶかしく思ほしなる品々あるに」(夕顔)と語られたことによる。源氏は「品定」の話を聞いたときから、中流貴族の女たちに興味をもって、彼女たちの様子を知りたく思い、逢ってみたいと思うようになった。「品定」は源氏が彼女たちに関わる動機づけになる。

帚木巻の位置づけ

しかし、「品定」は源氏の中流貴族の女たちとの恋の動機づけというだけではない。桐壺巻からの物語の流れを中断するようにして、なぜ長大な女性談義が語られなければならなかったのかが、古来問題とされてきた。

現行の巻序に従う限り桐壺巻が物語の序であるが、中世の注釈書は帚木巻も「序分」であると論じた（『雨夜談抄』『細流抄』）。とすれば、源氏物語は二つの序を持つことになる。この問題は、物語の構造として桐壺系列と帚木系列が併存することが確認された戦後の研究史においては、その二系列の成立に関わる問題として論じられてきた。

今日、源氏物語は三部構成として理解するのが通説である。桐壺巻から藤裏葉《ふじのうらば》巻までの三十三巻を第一部、若菜《わかな》上巻から幻《まぼろし》巻までの八巻を第二部、匂宮《におうのみや》巻から夢浮橋《ゆめのうきはし》巻までの十三巻を第三部とする。その上で第一部は桐壺系十七巻と帚木系十六巻の二系列が綯《な》いあわされる形の構成をもつと理解されている。桐壺系とは桐壺・若紫《わかむらさき》・紅葉賀《もみじのが》・花宴《はなのえん》・葵・賢木《さかき》・花散里《はなちるさと》・須《す》磨《ま》・明石《あかし》・澪標《みおつくし》・絵合《えあわせ》・松風《まつかぜ》・薄雲《うすぐも》・朝顔《あさがお》・少女《おとめ》・梅枝《うめがえ》・藤裏葉であり、帚木系は帚木・空《うつ》蟬《せみ》・夕顔《ゆうがお》・末摘花《すえつむはな》・蓬生《よもぎう》・関屋《せきや》・玉鬘《たまかずら》・初音《はつね》・胡蝶《こちょう》・蛍《ほたる》・常夏《とこなつ》・篝火《かがりび》・野分《のわき》・行幸《みゆき》・藤袴《ふじばかま》・真《ま》木柱《きばしら》である。

その両系列の大きな違いは、桐壺系が光源氏の「帝王の相」の予言を起点としてその予言成就をめぐる彼の運命を語るのに対して、帚木系は「雨夜の品定」を起点とし、それによって支えられた物語であり、源氏の「帝王の相」の運命の進展には関わらない（阿部秋生『源氏物語研究序説』）。むろん両系列は水と油のように分離しているのではなく、桐壺系の物語条件を受ける形で帚木系は語られるというふうに、全体的な統一性は確保されている。

ここでは帚木巻は桐壺巻とともに源氏物語の序になっているという立場で述べていく。ということは、源氏物語には二つの冒頭があるということになる。それは端的に言うと桐壺巻は光源氏の王権と家の物語、運命の物語の始発であるが、帚木巻は女の生き方を問い、女の人生を主題とする物語の始まりであるという考え方である。本書ではそのような観点を基本とする。

整然とした構成方法

はじめに「品定」の構成を見ておこう。

頭中将が源氏に贈られてきた恋文を見ながら、女たちを上中下の三階級に分けて、「中《なか》の品《しな》」という中流貴族の女が個性的で魅力的だと話しているところに、左馬頭と藤式部丞が訪ねて来る。ここまでが「品定」の導入部である。そこで一座の年長者である左馬頭が頭中将の話を引き取って、家庭における主婦の役割や望ましい妻のありかたについて熱弁を振るう。馬頭は妻としたい女の条件をあげつらうが、結局身分や容貌よりも性格のよい人がよいというところに落ち着く。

今はただ品《しな》にもよらじ、容貌《かたち》をばさらにも言はじ、いと口惜しくねぢけがましきおぼえだになくは、ただひとへにものまめやかに静かなる心のおもむきならむよるべをぞつひの頼み所には思ひおくべかりける。（帚木）

身分や容貌よりはひねくれたところのない、誠実で落ち着いた性格の人を生涯の伴侶に決めるのがよいと言う。ここまでを女性談義の一般論と理解してよい。

さらに馬頭は、「よろづの事によそへて思《おぼ》せ（いろいろな事に比較してお考えください）」と言って、木工芸、絵画、書という技芸の分野における名人の作品と、達者な技術で才気を競うような職人技の作品との比較論をたとえとして、女性論を述べる。職人技の作品は一見おもしろいが、名人の作品の安定感や滋味には及ばない、技芸の道でさえそういう違いがあり、それに比べて見れば女がその時々に見せる外見の風情や見た目のよさはあてにはできないという。これは比喩論ということができる。

こうして話が盛り上がり、めいめいが自分の体験を披露することになるが、ここでもまず馬頭が二人の対照的な女の話をする。一人は不美人だが誠実で信頼できる女であったものの、嫉妬深かった。痴話喧嘩の折に馬頭の指に嚙みついたので「指食いの女」といわれている。もう一人は美人で華やかで風流好みだが移り気な女である。こういう女は男が恥をかくことがあるから気を付けるのがよいと、馬頭は源氏に忠告する。

次に頭中将が、頼りにならない女の例として、子どもまでもうけていたのに、しばらく通いのとだえた間に何の音沙汰もなく失踪してしまった女の話をし、最後に藤式部丞が、学識は男まさりであったが、万事に女らしさのないのに耐えかねて逃げ出したという「博士《はかせ》の娘」の話をして、締めくくる。この四話は体験談である。この後、左馬頭がこれまでの話の総評をして「品定」は終わる。

「雨夜の品定」はこのように導入部、一般論、比喩論、体験談、総評という構成になっている。たいへん整然とした構成であるが、こういうみごとな構成方法を紫式部は何に学んだのか。中世の源氏注釈書である『花鳥余情』は、『法華経』の法説一周、喩説一周、因縁説一周という三周説法の方法にならうものであると指摘した。この説の妥当性については阿部秋生が詳細に検討して支持したが、そのように考えてよい。

物語の出発点としての女性論

ところで、「品定」の女性談義はどのような特色をもっているのだろうか。何といってもまず教訓的性格を挙げなくてはならない。源氏物語には教訓的な言説は随所に見られるが、中でも「品定」には顕著である。中世近世の議論はさておき、明治に入って源氏物語論の名文を残した国文学者藤岡作太郎は、「源氏物語の本意は実に婦人の評論にあり」といい、作者は物語のなかで「自己の婦人観を発表」しているとして、「品定」を念頭に置きながら次のように述べた。

その批評において著者が教ふるところは、妻たるべき心得あり、継母についての訓戒あり、人は心を長くもたざるべからずとし、女は容貌よりも心ばせによりて軽重せらるるものといふなど、一々列挙するの煩に堪へず。かくの如くして、如何ぞ源氏を理想なくして社会の客観的写生を主としたるものとすべけんや。

(『国文学全史(平安朝篇)』)

源氏物語における批評や教訓的言説には作者の理想が込められているというのであり、「品定」の女性論はそのような例の代表とされた。ちなみに藤岡のこうした議論は源氏物語を「一の理想小説」として位置づけたものであるが、それは坪内逍遥の写実小説論への批判であった。しかし、「品定」を一気に作者の女性論、婦人論としてよいのか、むしろ物語の中でその位置づけを確認する必要があるのではないかというのが、今日の理解である。この立場に立てば、作者の意見や理想として捉える前に物語の文脈の中で、「品定」の視点や位置づけ、その意味を確認することが先決となるのはいうまでもない。

すなわち、「品定」は左馬頭や頭中将が話し手になって、光源氏がもっぱら聞き役にまわるが、これは男の視点から論じられた理想の女性論、こうあってほしいと願う女性論であって、単純に作者の女性論というわけにはいかない。鈴木一雄は「雨夜の品定」は男性社会の側からの女性批判の矢であり、問いかけであり、女性の側からどう答えるかが課題とされたと論じた(「「雨夜の品定め」論」『十文字学園女子短期大学研究紀要』25)。まさしく「品定」はそうした女の生き方、女の人生を主題とする物語の出発点に位置していたのである。それは作者にとって絶えず立ち返るべき地点であり、その問いは物語世界に通奏低音のように響いている。女の視点を排除した「品定」の構成は意味深長な仕掛けであった。

紫式部は『白氏文集』に何を見たか

「雨夜の品定」のもう一つの特色は白居易の詩文集である『白氏文集』の、特に諷諭詩を繰り返し引用していることである。『紫式部日記』には紫式部が中宮彰子に『白氏文集』の「新《しん》楽府《がふ》」という諷諭詩を講義している記事があるが、『白氏文集』は『史記』とともに彼女がもっとも愛読した漢籍であり、諷諭詩の引用はけっして偶然ではない。左馬頭の「指食いの女」

の話には「上陽白髪人《じようようはくはつじん》」が引かれ、藤式部丞の「博士の娘」には「議婚《ぎこん》」が引用されたが、それらはすべて諷諭詩で、しかも女の人生を歌ったものである。紫式部は女の人生を歌った白居易の諷諭詩に平安朝の女の人生と共通する現実を見いだし、諷諭詩によって女の人生のさまざまな困難を深く考えたのだと見てよい。

「指食いの女」と「上陽白髪人」

諷諭詩がどのように使われたか、「指食いの女」から見てみよう。彼女は左馬頭の恋人であったが、結婚するときには馬頭に浮気をやめさせ、後顧の憂いをなくそうと考えた。

うきふしを心ひとつに数へきてこや君が手を別るべきをり　(帚木)

あなたの数々の薄情を胸におさめて我慢してきたが、今度という今度はお別れする時でしょうという。正式に結婚するからには、浮気心を改めてよき夫になってほしいと訴え、馬頭に改心を求め続ける。しかし、馬頭が真剣に取り合わずにいるうちに死んでしまった。彼女はよき伴侶を求めながら得られなかったのである。

この伴侶を得られなかった女の苦しみを歌ったのが、「上陽白髪人」である。女は玄宗皇帝に召されたが、楊貴妃に妬まれて上陽宮に幽閉され、伴侶のいない生涯を送った。そういう薄幸の女の人生を歌った詩で、「怨曠《えんこう》を愍《あわ》れむなり」という副題が付いている。「怨曠」とは「伴侶のいないあわれな女」の意。その女の人生を白居易は「上陽の人、苦しみ最も多し。少《わか》きにも亦苦しみ、老いても亦苦しむ。少苦老苦、両《ふた》つながら如何せん」と憐れんだ。

「指食いの女」はそうした「怨曠」の人生を回避したいと願ったのである。結婚はしたが、馬頭の浮気がおさまらず顧みられないのでは堪えられないと。「指食いの女」の物語は「怨曠」の人生を回避しようと願いながら、その願いが叶わなかった女の物語である。上陽人の「怨曠」を平安朝の女の現実的日常的な人生の問題として捉え返したと見てよい。

「博士の娘」と「議婚」

藤式部丞が博士の娘と結婚したのは、師である博士が「議婚」を歌って娘を勧めたからであった。「議婚」の内容は富家の娘は引く手あまたで若くして結婚するが、結婚すれば夫を軽んじる、反対に貧家の娘は年ごろになっても求婚者がなく婚期は遅れるが、結婚すれば夫にも姑にもよく尽くす、どちらを選ぶか、というものである。藤式部にとって博士の娘は学問にひいでて、かいがいしい世話女房で頼もしかったものの、やさしい女らしさがなく、大蒜《にんにく》の匂いをぷんぷんさせて平気でいるようなところが耐えられなくなって別れた、という話である。

これは明らかに「議婚」のパロディである。「議婚」が単純明快に富家の娘と貧家の娘を対比して、結婚するには貧家の娘がよいと歌ったのに対して、そうした対比そのものを戯画化したのである。「品定」における諷諭詩の引用のしかたは多彩であった。

作者、紫式部にとっての諷諭詩

女の人生を歌う白居易の諷諭詩ははっきりした引用の痕跡がない場合でも「品定」に始まる物語の底に沈められていたと考えてよい。たとえば「井底《せいてい》に銀瓶《ぎんぺい》を引く」は、女が一目惚れした若者と駆け落ちし、若者の家に暮らすようになったが、若者の父は「聘《へい》すれば則ち妻《さい》たり、奔《はし》るは是妾《しょう》なり(結納を納めて迎えた者は妻であるが、かってに走り込んできた女は妾だ)」と言って、妻と認めなかったので、女はこの家に暮らすことができなくなり、故郷にも帰れず途方に暮れるという内容である。「淫奔《いんぽん》を止むるなり」という副題で、正式の婚礼によらない自由結婚について、若い女性に軽率な行動を戒める。

あるいはまた、「太行《たいこう》の路」では愛し合う夫婦でもいったん愛が冷めれば、夫は妻のあら探しをするばかりと言い、「人《ひと》生まれて婦人の身と作《な》る莫《な》かれ、百年の苦楽は他人に由《よ》る」と歌う。「品定」は男の立場からの議論に終始したが、諷諭詩に親しんでいた紫式部はその裏側にはこうした女の嘆きを代弁する視点を確保していたと考えてよい。

作者、紫式部にとって女の人生を歌った諷諭詩は、平安朝の女の人生を考えるうえでまたとないテキストであり、「品定」の物語のための豊饒な沃土であったのである。諷諭詩の主題を平安朝の現実に置き換えることで、「雨夜の品定」は独自な女の物語を生み出したのだった。

2　空蟬・夕顔・末摘花の物語

「中の品の女」に拒まれる

「雨夜の品定」の翌日、光源氏は宮中を退出すると、久しぶりに左大臣家に正妻葵の上を訪ねたが、この夜は宮中から左大臣家の方角が方塞《かたふさ》がりで、方違《かたたが》えしなければならなくなる。方塞がりとは陰陽道で中神《なかつかみ》という神のいる方角に向かうことを避ける信仰である。源氏は急遽、左大臣家の家来筋の紀伊守《きのかみ》の邸に方違えした。

その紀伊守の邸にたまたま空蟬《うつせみ》が来ていた。空蟬は紀伊守の父の伊予介《いよのすけ》という老受領の後妻である。紀伊守邸に着いた源氏は、「かの中の品にとり出でて言ひし、この並ならむかしと思《おぼ》しいづ」(帚木)と、「品定」の話題を思い起こして、その夜、空蟬に忍び契りをかわした。源氏には中流貴族の女に対する見下した意識が顕著である。

だが、空蟬は思慮深く二度と逢おうとせず、源氏はひどく自尊心を傷つけられ、くり返し逢瀬を試みて失敗するという滑稽譚になるが、むろん物語の眼目は滑稽譚にあったのではない。光源氏の求愛を拒むほかない空蟬の人生の重さが物語の主題であった。そして源氏は拒まれることで、空蟬とこの階層の女への見下した意識をあらためる。

源氏と紀伊守の噂話をとおして明らかにされる空蟬の人生は、彼女が父の生前は桐壺帝に入内を予定されていながら、父の死によって入内は取りやめになり、その後伊予介の後妻になったということであった。こういう空蟬の境遇を聞いて源氏は、「世こそ定めなきものなれ」と言い、紀伊守も同調して、「世の中といふもの、さのみこそ今も昔も定まりたることはべらね。中についても、女の宿世《すくせ》はいと浮かびたるなむあはれにはべる」(帚木)と話す。男女の仲は今も昔も定まったことがないが、中でも女の運命は定めなく不安定なのが気の毒だというのである。彼らのこの言葉が空蟬の人生の定めなさへの思いやりに発するようなものでなかったことは、前後の言動からして明らかである。しかし、それはそれとして、この言葉の意味論的な射程は深く遠くまでのびていた。

空蟬の「女の宿世」

「世こそ定めなきものなれ」といい、「女の宿世はいと浮かびたる」という言葉は、そのまま空蟬の人生を的確に言い当てていた。

空蟬にとって入内の夢がやぶれ、伊予介の後妻になった今になって源氏から求愛されることはわが身の不運とおもうほかなかった。父の生前にこうして源氏に逢えたならというのが、彼女の見果てぬ夢であった。源氏を拒みながら源氏に憧れる空蟬の心中を物語は精妙に語ったが、どんなに源氏に憧れたからといっても、彼女には今の人生を変えることはできない。そうした彼女のきびしい自己規律が源氏を魅了した。

空蟬の身をかへてける木《こ》のもとになほ人がらのなつかしきかな (空蟬)

源氏は三度目の逢瀬にも失敗し、空蟬が脱ぎすべらかした小袿《こうちぎ》を形見に持ち帰る。その蟬の抜け殻のような小袿を手に取りながら、あなたをなつかしく思うと歌う。この歌が空蟬の名前の由来である。

十数年後、夫と死別した空蟬は義理の息子の紀伊守から言い寄られ、耐えかねて出家する。それから数年の後、源氏の邸である二条東院に迎えられた。しかし、出家した空蟬は源氏の妻妾にはなれないから、これは結婚ではなく、彼女の気の毒な境遇に源氏が救いの手を差し伸べたのである。これを幸運といえるだろうか。空蟬の人生は「浮かびたる」もの、ただよいさすらう寄る辺のない人生であったのではなかろうか。

空蟬について光源氏と紀伊守が口にした言葉は、彼らの意識とはかかわりなく、空蟬の人生の深層を言い当てていたのである。そしてそれは実は空蟬だけでなく、物語の多くの女君《おんなぎみ》たちの人生や運命をも言い表わしていたように見える。女の人生とは何か、女はいかに生きるべきか、どのように生きられるか、どのようにしか生きられないのか、空蟬の物語にはそのような女の人生への問いかけがある。空蟬物語の主題は重い。

夕顔との出会い

光源氏と夕顔との恋は十七歳の秋のことである。空蟬との恋は五月六月の夏のあいだに終わっていた。源氏は乳母の病気見舞いに五条の乳母の家を訪ねたとき、粗末な隣家の庭に咲く夕顔の花を従者に折り取らせると、その家の女から歌が贈られた。

心あてにそれかとぞ見る白露の光添へたる夕顔の花　（夕顔）

解釈がいまだ定まらない歌であるが、「夕顔の花」は粗末な家の垣根に咲いている花なので女の比喩と取るのがよい。当て推量ながら、もしやその方かと思います。私は白露の光を受けて咲く夕顔の花です。この歌によって女は夕顔と呼ばれるのだが、この歌の解釈は諸説紛々である。この女が「雨夜の品定」で頭中将の話した突然失踪してしまった女と同一人であったことは、女の死後に明らかにされるのだが、ここでは女が門前の車の男を頭中将ではないかと探りを入れたと解釈しておく。ともかくこれが源氏と夕顔との出会いであった。

その夕顔の住まいは左馬頭でさえ話題にするには及ばないと言った「下《しも》が下《しも》」の下層の者の住まいであったから、元来源氏の関心の的にはなりえないはずであった。だが、空蟬体験を通して中流貴族の女を見直した源氏は、今や下層の環境の女にまで関心を掻き立てる。「かの下が下と人の思ひ捨てし住まひなれど、そのなかにも思ひのほかに口惜しからぬを見つけたらば」(夕顔)というわけである。

三輪山説話と匿名の恋

しかし、光源氏がこうした下層の世界の女に通うことは許されないことだから、彼は粗末な服装に身をやつし、顔を見られないように覆面をし、人が寝静まった夜中に出入りするというように、徹底して身元を隠した。そのような源氏の通いを、女は「昔ありけむ物の変化《へんげ》めきて、うたて思ひ嘆かるれど」(夕顔)と、気味悪く思う。ここには三輪山説話が引用されている。

三輪山説話とは『古事記』では三輪山の神が美男子となって、素姓も明かさず活玉依姫《いくたまよりひめ》のもとに夜中に戸の穴から通ってくるというもの。その神は蛇体神であった。正体の知れない源氏の通いを、女はそうした「物の変化」のように気味悪く感じたのである。女が源氏の素姓を確認できなかっただけでなく、源氏も女の素姓がはっきりとは分からないままに、彼らは互いに愛し合うようになった。匿名の恋である。

なぜ彼らは名前を隠したのか。特に夕顔が死ぬまで名のりをせず、源氏が名のった後も、「海人《あま》の子なれば」(夕顔)といってはぐらかしたのはなぜなのか。「海人の子なれば」とは、「白波の寄する渚に世を過ぐす海人の子なれば宿もさだめず」(『和漢朗詠集』遊女)を引いたもので、自分は白波の寄せる海辺で暮らす海人の子なので定まった家もないという意味である。賤しい身の上で定まった家もないような私は、名のるにも及ばないし、名のったところでどうにもなるものではない、そういう夕顔の絶望がこの言葉には込められている。

彼らが名前を隠し続けたことは、そうすることで現実の身分秩序から脱出して純粋に男と女として対等になれる非日常的な時空を獲得するための手段であった。それが匿名の恋の意味である。それゆえ源氏が名のりをした時、匿名であることによって保証されていた愛の時空は崩壊するほかない。物の怪による夕顔の急死はそうした愛の時空の崩壊を現実化したのである。

夕顔と空蟬の悲しみ

最後まで源氏に名前をあかさずに死んだ夕顔は、実は三位中納言兼中将の姫君であった。公卿の家柄であり上流貴族であったにもかかわらず、侍女の右近の語るところによれば、彼女は父の死によって孤児となり、頭中将の愛人になって娘(のちの玉鬘《たまかずら》)をもうけたが、頭中将の正妻に脅迫されて乳母の家に身を寄せた。しかし、そこも居づらくなって五条の借家に身を隠していた時に源氏と出会い、源氏に誘われて荒廃した某院《なにがしのいん》に移ったところで物の怪に取り憑かれて死んだのである。「女の宿世は浮かびたる」という言葉が、ここには空蟬以上に深刻に響く。「海人の子なれば宿もさだめず」は誇張ではなく、夕顔の実感であったと思われる。住まいを転々とした境遇は彼女の寄る辺のないさすらいの人生を象徴する。

夕顔も空蟬もともに公卿の家柄でありながら、父の死とともに没落を余儀なくされたのであった。夕顔が「海人の子なれば」と嘆いたように、空蟬も人数にもはいらぬ身の上を嘆いていた。源氏の再三の逢瀬の求めを拒む空蟬に対して、源氏がどうして逢ってくれないのかと問うたとき、空蟬は次のように答えた。

数ならぬ伏屋《ふせや》に生《お》ふる名のうさにあるにもあらず消ゆる帚木《ははきぎ》　(帚木)

物の数でもない賤しい家に生まれた私は、それがつらくて源氏の前にいられず姿を隠すのですと。源氏にあこがれつつも、決して逢うわけにはいかないと断念するところに、空蟬の悲しみがあった。

光源氏にとって空蟬に拒絶され、夕顔に名のりをしてもらえなかったことは、思いも寄らないことであったはずだが、しかし、落ちぶれた彼女たちとの恋をとおして、彼女たちの人生の悲しみや絶望の深みに触れたのである。それは源氏にとって貴重な経験であった。

パロディとしての末摘花物語

源氏と夕顔との恋は一ヶ月余りで終わった。その恋のはかなさゆえに源氏は夕顔を忘れかね、夕顔に似た人を新たに探し求めた。そして出会ったのが末摘花《すえつむはな》である。源氏十八歳の春から十九歳の春までの、この末摘花の物語は、「雨夜の品定」で左馬頭が語った「葎《むぐら》の門《かど》(荒廃した家)」(帚木)に魅力的な女を発見する話のパロディであるとともに、夕顔物語のパロディともなっている。

「思へどもなほ飽かざりし夕顔の露におくれし心地を、年月《とし》経《ふ》れどおぼし忘れず」(末摘花)と、源氏は夕顔のような女にもう一度逢いたいと願っていた。その矢先に源氏は大輔命婦《たいふのみょうぶ》という乳母子《めのとご》の女房から末摘花のことを聞き、望みどおりの人が現れたと思った。故常陸宮《ひたちのみや》の姫君で父宮の死後貧しく荒れ果てた邸に寂しく暮らす末摘花は、父宮譲りの琴《きん》の琴《こと》がたくみというのも魅力的に感じられ、無口で人見知りしてめったに手紙の返事もくれないのも彼女の奥ゆかしさだと、源氏は末摘花を理想化した。

しかし、末摘花を美化し理想化することが大きかった分だけ、理想とは程遠い実際の彼女を知ったときの落胆は甚大だった。「思ふやうなる住みかに合はぬ御ありさまは取るべき方なし」（末摘花）と、荒れた邸に美女を見いだすという「葎の門」の期待があまりにみごとに裏切られたことに、茫然自失した。末摘花の桁外れの醜貌と何を話しかけても沈黙しか返ってこない、手応えのなさにまた愕然となる。

朝日さす軒のたるひはとけながらなどかつららのむすぼほるらむ　（末摘花）

朝日がさして軒のつららは解けたのに、なぜあなたはいつまでもうち解けず黙っているのかと言うが、末摘花はただ「むむ」と笑うだけで、返歌はない。末摘花への期待をことごとく裏切られた源氏は、彼女を紹介した大輔命婦に向かって嘆いた。

なつかしき色ともなしに何にこの末摘花を袖に触れけむ　（末摘花）

心引かれる色でもないのにどうしてこんな末摘花と契りを結んだのだろうか。末摘花は紅花の異名、彼女の鼻が赤いのに戯れて詠んだこの歌に由来する名である。

しかし、この時源氏はこういう出会いは故常陸宮の引き合わせと考え、自分が世話をしてやらなければならないと考えるようになっていた。自分以外の男が末摘花の世話をすることはありえない。自分がこうして親しくなったのは亡き常陸宮が末摘花の身の上を心配して、宮の魂が自分を姫君のもとに導いたのだと考えた。こういう光源氏は心優しい貴公子である。

しかし、この少し前から邸に引き取っていた美少女、紫の上を相手に赤鼻の女の絵を描き、自分の鼻を赤く塗って戯れる源氏は、単に心優しい貴公子といってすますわけにはいかない。源氏自身が赤鼻になって紫の上をはらはらさせるというのは貴公子のパロディである。そうする源氏には末摘花に対する軽侮がある。光源氏は心優しいだけではない。

「雨夜の品定」に始まった物語は、中流貴族の女たちは個性があり魅力的だと語られたとおりに、それぞれの女君の個性的な人生を語ったのである。

第三章 若き光源氏の恋と挫折

北山で紫の上を垣間見る源氏(若紫). 画面右端の祖母の尼君の隣に立つのが紫の上(京都国立博物館蔵, 土佐光吉筆『源氏物語画帖』より)

〈物語の概要〉

光源氏十八歳、藤壺への恋心は深まるばかりだった。病気の治療に出かけた北山で藤壺にそっくりの少女、紫の上を発見した源氏は、彼女を引き取るが、ついに藤壺と密通し、藤壺は源氏の子を生む。これ以後藤壺は源氏をきびしく拒絶する。紫宸殿の桜花の宴の夜、源氏は藤壺の殿舎をうかがったが、隙はなく、弘徽殿で偶然に朧月夜と逢った。その後朧月夜は朱雀帝の尚侍になるが、源氏との密会はやまない。一方で源氏は妻の葵の上と親しめず、高貴な女性を求めて六条御息所を恋人にしたが、心が通わなくなっていた。賀茂祭の御禊の日、見物の折の車争いで葵の上の従者から辱めを受けた六条御息所は、葵の上の出産の時に物の怪となって命を奪う。その物の怪を源氏に知られたと知った御息所は斎宮になった娘とともに伊勢に下る。桐壺院の崩後、右大臣家の圧迫が強まる中、藤壺は出家し、源氏は朧月夜との密会が発覚して除名処分を受け、ついに須磨に退去する。二十六歳の春である。一年後、嵐のさなか夢の告げにより明石に移り、明石の君と結婚する。

（若紫・紅葉賀・花宴・葵・賢木・花散里・須磨・明石）

1　光源氏の恋の原点

光源氏の恋の癖

帚木巻の冒頭で光源氏の恋の「癖」が紹介されている。源氏には人目を忍ぶ恋が多いという評判があるが、実はありふれた、その場限りの恋は好まない性分なのだ。ただ、まれにうって変わって無理を重ねて心を砕く恋に熱中するあいにくな「癖」があって、よくない振る舞いがまじったというのである。「心づくしなることを御心におぼしとどむる癖」という。源氏には一途に思い込んで夢中になる性癖があった。

藤壺の面影を求める恋

その「心づくし」の恋のなかで光源氏がもっとも心を砕いたのが藤壺への恋であった。少年時代に亡き母桐壺更衣に似ていると聞いて好意を抱くようになって以来、葵の上と結婚してからも藤壺への思いは募り、藤壺のような人と結婚したいと思っていた。藤壺は源氏のあこがれる理想の女性になっていた。だが、いうまでもなく父桐壺帝の女御である藤壺との結婚が叶うはずはない。源氏は心の奥底では絶えず藤壺に似た人を探していた。

六条御息所《ろくじょうのみやすどころ》を口説いたのも、いとこの朝顔《あさがお》に言い寄ったのも、単なる浮気心ではなく、彼女たちに藤壺に共通する何かを期待したからだと思われる。六条御息所は桐壺帝の弟で亡くなった東宮（前坊）の妃であった人であり、朝顔は桐壺帝の兄弟の式部卿宮《しきぶきょうのみや》の姫君である。藤壺は先帝の内親王という高貴な出自であるが、彼女たちも藤壺に近い高い身分である。藤壺のような人と結婚したいという思いが、源氏をこうした高貴な身分の女性への恋に向かわせた。

だが、藤壺の面影を求める恋は裏切られる。六条御息所は藤壺のようなやさしく可憐な感じの女性ではなく、源氏の気持ちは冷めていった。朝顔は源氏のさまざまな恋の噂を聞いて警戒して寄せ付けない。空蟬や夕顔は身分的にも境遇的にも源氏と結婚できる条件を欠いていた。こうして思い通りの女性と出会えないことがさらに藤壺への思慕を募らせ、藤壺に似る人を求めて新しい恋に向かわせる、そういう堂々巡りに源氏は陥っていた。

紫の上の登場

十八歳の春、源氏が瘧病《わらわやみ》を患ったのは単に身体的な病だけではなく、治療に訪れた北山の聖《ひじり》から、「何かと気分を紛らわせて考え込まないのがよい」と忠告されたように、心の鬱屈が深くかかわっていた。それは藤壺に恋いこがれる鬱屈である。

その北山で偶然に見いだした少女が紫の上であった。夕暮れに治療のあいまに山を散策する源氏が僧都の僧坊をのぞくと、読経している尼の姿が目に入る。そこにおかっぱの髪をゆらゆらさせて泣きべそをかいて走ってきた十歳ほどの少女に源氏の目は吸い寄せられ釘付けになる。気が付くと藤壺に似ていると思って涙を流していた。

少女は籠に飼っていた雀の子を犬君《いぬき》という童女が逃がしたと、尼君に訴えた。その躍動的な姿はあたかも雀の子のように自由な世界に羽ばたこうとする生命感にあふれていた。源氏は「かの人の御代《か》はりに明け暮れの慰めにも見ばや」（若紫）と思う。藤壺に似ているというだけで、藤壺の身代わりとしてその少女とともに暮らしたいと思う。藤壺への思慕は尋常ではなかった。

その夜僧都と対面した源氏は少女が藤壺の兄の兵部卿宮《ひょうぶきょうのみや》の姫君で、藤壺の姪であること、少女の母は早くに亡くなり、祖母の尼君が世話をしていること、尼君は病気の養生のために兄の僧都の僧坊に来ていたことなどを知り、その場で少女の世話をしたいと申し出た。探し続けていた藤壺に似た女性に出会えたのである。

しかし、源氏の申し出はあまりに唐突なので、尼君は紫の上の成人を待って考えたいと答えたが、その年の秋に亡くなり、紫の上は父兵部卿宮に引き取られることになった。兵部卿宮が正妻の北の方に気兼ねをしてこれまでも紫の上を疎略にしてきたことを聞いていた源氏は、兵部卿宮が迎えに来る直前に、誘拐同然に紫の上を自邸の二条院に連れ去った。兵部卿宮に引き取られれば、紫の上は継母の北の方から継子虐めにあうことが目に見えていたから、紫の上の乳母《めのと》は喜び、紫の上も源氏によくなついた。

継子譚の話型に則った物語

このような紫の上の物語は継子物語の話型に則っている。継子物語では理想の男君が継母に虐められるなど窮地に立たされた継子姫を救出し、以後男君は絶対的な愛情で継子姫を守り、継子姫は多くの子どもたちに恵まれて幸福な家庭を築き繁栄する。平安時代の『住吉物語』や『落窪《おちくぼ》物語』をはじめ、中世のお伽草子の継子物語、さらには昔話でも基本は変わらない。世界的にシンデレラ物語と呼ばれる物語の型である。

紫の上は直接継子虐めにあってはいないが、北山の彼女は継母の迫害をのがれていたと考えれば、継子虐めのバリエーションであり、源氏の紫の上引き取りはその窮状からの救出であり、二人の親愛は継子物語の型通りである。後に藤裏葉巻では紫の上は養女明石姫君《あかしのひめぎみ》の東宮への入内に際して、女御の待遇を受けることになるのだが、これは継子姫の繁栄そのままである。

そのような継子物語の型に則りながら、さらに源氏の紫の上に対する愛情は藤壺への叶えられない恋の代償として根拠づけられ、紫の上の立場を特権化していた。しかし、その一方では紫の上に子どもを生ませないことで、継子物語の話型を意図的にずらしている。作者はそうした方法によって新しい物語の地平を切り開く。紫の上の物語もそのような観点から見ると、物語の構造を理解しやすい。

夢に消える逢瀬——藤壺との密通

源氏は紫の上を発見したが、そのことでただちに藤壺への恋しさが癒されるわけはない。北山から帰った直後の四月、藤壺が病気で実家に帰ったのを好機として、源氏は父帝にすまないと思いながら、藤壺の側近の侍女、王命婦《おうみょうぶ》を責め立てて手引きをさせ密会を果たす。

見てもまた逢ふ夜まれなる夢のうちにやがてまぎるるわが身ともがな　（若紫）

お逢いしても再び逢うことはむずかしい夢のような逢瀬ですから、このまま夢の中に私は消えてしまいたい。源氏は激情に身を委ね、分別をなくしていた。「夢のうちにやがてまぎるるわが身ともがな」には、藤壺との情死への願望があろう。

これに藤壺は次のように答える。

世語りに人や伝へむたぐひなく憂き身を覚めぬ夢になしても　（若紫）

世間では私たちのことを語りぐさにするでしょう、この上なくつらいわが身を覚めることのない夢の中のこととしようとも。源氏の言うようにたとえ夢の中に消えてしまおうとも、二人のことは恰好《かっこう》のスキャンダルとして世間の噂になると、藤壺は言う。源氏の情熱を受け止めながらも、彼女は冷静に対処することを考える。「世語り」になることのないように振る舞わなければならないと、源氏をたしなめる。

藤壺がこれをつらく堪えがたく思ったのは、実はこれ以前にも一度こうしたことがあったからである。それ以来ずっと悩みの種であり、二度と源氏を近づけまいと気を付けていたのに、こうなったことが情けなかった。藤壺の嘆きは深かった。

しかし、源氏には深く嘆き悲しむ藤壺の様子はやさしく愛らしく、とはいえ決して心を許さず思慮深く、気後れを覚えるような気品のある態度に見えて、まったく他の誰にも比べようがないと思われた。せめて何か不足なところがあれば、自分の思いも少しは冷めるだろうにと、藤壺に欠点のないのを源氏はつらく思う。藤壺は源氏の目には神秘的なまでに完璧な女性として映っていた。

だが、藤壺とはこの世では結ばれない。第一章でも触れたように桐壺帝にとっては更衣が「長恨」の人であったが、源氏にとっては藤壺が「長恨」の人になっていたのである。その

「長恨」を癒すためには「形代《かたしろ》」、紫の上が不可欠であった。その紫の上は藤壺に似ているだけでなく、藤壺の姪という「ゆかり」の人であることによって、桐壺帝にとって藤壺が更衣の

「形代」になりえた以上に、より完全な「形代」の条件を備えていた。そのような紫の上によって源氏は藤壺への恋を癒すほかない。

死のイメージをもつ朧月夜との恋

光源氏の恋の底流には常に藤壺の影が揺曳する。源氏二十歳の春の紫宸殿における桜花の宴は桐壺帝の治世の最後を飾る盛儀であったが、そこでも源氏は盛儀の光ともてはやされ、彼の漢詩は絶賛された。右大臣家の姫君で弘徽殿女御の妹の朧月夜《おぼろづきよ》と出会ったのはその夜であった。

源氏は宴が終わって藤壺のあたりを窺うが、戸口は固く閉ざされていて近づく術のなかった時、そのまま帰る気になれず弘徽殿に立ち寄った。奥から「照りもせず曇りもはてぬ春の夜の朧月夜にしくものぞなき(春の夜の朧月夜のすばらしさに及ぶものはない)」(『大江千里集』)と、美しい声で口ずさみながら来る女がいる。この歌によって彼女は朧月夜と呼ばれるのだが、源氏はこの女の袖を捉え、怖がる女に「まろは皆人に許されたれば」(花宴)と名のり、情熱的な一夜を過ごした。別れに臨んで源氏は女の素姓を確かめたいと思い名のりを求めるが、女ははぐらかす。

憂き身世にやがて消えなばたづねても草の原をば問はじとや思ふ　（花宴）

不幸せな私がこのまま名のらずに死んでしまったなら、あなたは私の墓を探して訪ねようとは思ってくださらないのか。機転の利いた返歌であり、源氏が一本取られた恰好であるが、この歌には何か不吉なイメージがある。

源氏が女に名のりを求め、女がはぐらかす例は夕顔がそうであり、朧月夜には夕顔との類似点があるが、それはともかくこの時彼女には名のりにくい事情があった。朧月夜は数ヶ月後には東宮(のちの朱雀帝)への入内が決まっていたからである。そういう時に源氏と逢ったことで、彼女は自分の予定された人生——東宮妃から将来は皇后になるという人生が破綻するかもしれないという暗い予感を一瞬抱いたのではなかろうか。「憂き身(浮き身)」「消え(死)」「草の原(墓)」という縁語と掛詞によって、この歌は朧月夜の身が川に浮いて流れていって行方不明になってしまうという流離と死のイメージを喚起するが、そういう不吉な予感を朧月夜は直感的に詠んだように見える。

歌の予告的機能

というのも、源氏物語では登場人物がはじめて詠む歌はその人物の人生を象徴したり、暗示したりすることが多い。朧月夜のこの歌もそうした意味を持たされていたと見てよい。朧月夜は光源氏との出会いに際して予感した何か暗い人生を本人も自覚しないままに詠んでいたように見えるのである。

光源氏についても同様のことが言える。朧月夜が歌を口ずさみながら現れた時、源氏が詠みかけた歌は、次の歌である。

深き夜のあはれを知るも入る月のおぼろけならぬ契りとぞ思ふ　（花宴）

あなたが夜更けの朧月夜の情趣をお分かりになるというのも、私とめぐり逢う並々ならぬ前世からの約束だったのだと思う、と。「おぼろけならぬ契り」と詠んだ時に、朧月夜との恋のために須磨に流謫することになり、さらにのちのちまで彼女との長く深いしがらみが続こうとは源氏には思いも寄らなかったはずである。歌は物語のなかで予感的、予告的、予言的な機能を持たされていたと考えてよい。

朧月夜の歌に流離と死の予感があるといっても、実際に彼女が辺境にさすらって死んだわけではない。しかし、彼女は源氏との恋のためにその後の人生が大きく変転したことは間違いない。当初の女御としての東宮への入内は取り止めになり、御匣殿別当《みくしげどののべっとう》として出仕した。これは事実上の妃ではあるが、身分は女官である。そして朱雀帝の即位後しばらくして、尚侍《ないしのかみ》になった。尚侍は元来は内侍司《ないしのつかさ》の長官で天皇に常侍し奏請や宣伝に当ったが、常侍するところから寵愛を受けることがあり、一条天皇のころには事実上の天皇の妃になった。とはいえ朧月夜は最後まで女御という正式の妃の身分にはなれなかった。のちに源氏との密会が発覚して源氏は須磨に下り、彼女は出仕停止になって世間の物笑いになるという現実のなかで、朧月夜は心理的に流離と死を体験したといってよい。

源氏が須磨に下る時、彼女は次のような歌を贈った。源氏二十六歳の春、初めて逢った時から六年後である。

涙川浮かぶみなわも消えぬべし流れてのちの瀬をも待たずて　（須磨）

この歌が「涙川」「浮かぶ」「みなわ」「流れて」「瀬」という「川」の縁語で仕立てられた流離の歌であることは一目瞭然であるが、意味的には源氏と再会する時を待つこともなく私は死ぬでしょうというのであり、生きる張り合いをなくした彼女は死に親近する思いが強かったのである。初めての出会いの時の暗い予感が的中したような現実であった。

2　六条御息所と物の怪

葵の上と六条御息所

源氏と葵の上との結婚は典型的な政略結婚であったが、政略結婚だから不仲になるとは限らない。二人が不仲であった根本の理由は源氏の藤壺への思慕にあったと見てよい。源氏は葵の上と結婚した当初から藤壺のような人と結婚したいと思っていたからである。源氏は葵の上のとり澄ました態度が不満であったが、葵の上の方では源氏の気持ちが自分に向いていないことを察知していたのに加えて、二条院に紫の上を迎えたと聞いてからは一層疎遠な気持ちになった。そういう二人の関係も葵の上の出産の時、改善するかも知れないという気配が見えたが、不幸にも彼女は夕霧を生むと同時に亡くなった。光源氏二十二歳の秋である。

その葵の上の死は六条御息所の物の怪のしわざとされた。六条御息所ははじめは源氏の情熱に負けて恋人として受け入れたが、しかし、その後源氏が付かず離れずという薄情な態度に変わったことに、深く傷つき悩んでいた。御息所は源氏を恨みながら、源氏を諦めきれない自分がなさけなく、泥沼の中でもがくような出口のない悩みに輾転反側した。

袖ぬるるこひぢとかつは知りながら下り立つ田子のみづからぞうき　（葵）

源氏を恋して袖をぬらす恋路は泥田のようなものと知りながら、その泥田に深入りする自分がなさけない、と御息所は嘆いた。

源氏二十一歳の年に、桐壺帝が譲位し、朱雀帝(弘徽殿腹の東宮)が即位した。それにともなって賀茂神社に仕える斎院と、伊勢神宮に仕える斎宮《さいぐう》が交替する。斎宮には六条御息所の娘が卜定され、御息所はこの機会に源氏との仲を清算しようと、斎宮とともに伊勢に下ることを考えるようになった。そのような時に葵の上との車争いの事件が起こった。

葵の上の死

新しい斎院の御禊《ごけい》(賀茂川での禊《みそぎ》)が盛大に行われ、源氏が御禊の行列に奉仕するというので世間の評判になった。御息所も葵の上もその見物に出かけたが、一条大路で場所取りをめぐって従者同士が衝突し、御息所は自分の車を葵の上の女房車の奥に押しやられるという屈辱的な目に遭う。衆人環視のなかで辱められた御息所の恨みは深く、心身に不調を来すようになったが、そのころから世間では御息所の生霊が葵の上に取り憑いたと噂するようになった。

物思いが高じると魂が身体を離れていくという遊離魂の現象が古代には信じられていた。和泉式部の「もの思へば沢の蛍もわが身よりあくがれ出づる魂かとぞ見る」(『後拾遺集』)という歌は、蛍を物思いゆえの遊離魂と見なした歌である。実際御息所はお産の床にある葵の上を乱暴に引き回したり殴ったりする夢を見、また自分の衣服に葵の上の加持祈禱の護摩に焚く芥子《けし》の匂いが染みついて消えないのに驚き、噂は本当だと思い、わが身をうとましく思う。さらに源氏も葵の上の出産の時に、目の前の葵の上が御息所の声や顔つきに一変して、話しかけ歌を詠みかけてくるのを目撃し、噂を事実だと信じるようになった。

こうして葵の上に取り憑いた物の怪が六条御息所の生霊であることを、御息所も源氏も信じた。葵の上は一時物の怪の活動が静まった時に、無事男子(のちの夕霧)を出産したが、物の怪は調伏されたのではなかったから、出産後誰もが安堵した時に再び激しく活動を始め、葵の上は急逝する。

葵の上の葬儀は鳥辺野《とりべの》の広野が弔問の人々で埋まるほど盛大に営まれた。だが、世間はすぐに葵の上亡き後の光源氏の正妻に誰が決まるのかと噂し、六条御息所は有力な候補に数えられ、御息所じしんも期待したが、御息所の物の怪を見た源氏には毛頭その気はなかった。四十九日が済んで、二条院の自宅に帰った源氏は紫の上と結婚したのである。紫の上は十四歳であった。

物の怪とは何か

ところで物の怪とはどのようなものか。源氏物語のなかで物の怪に取り憑かれたのは夕顔、葵の上、このあとで出てくる人物としては鬚黒《ひげくろ》大将の北の方、女三《おんな》の宮、浮舟が代表的な例であり、自身が物の怪になったのが六条御息所である。「物の怪」の用例は五十一例あり、光源氏や紫の上も物の怪に憑かれている。源氏物語は物の怪と親密な世界であった。

物の怪の歴史上の実例については、藤本勝義の平安時代の古記録や史料の調査事例が有益である。それによれば史書・記録類では物の怪は「物恠」と記され天変上の怪異現象を指す例と、「物気」「邪気」「霊」「霊気」「霊物」と記される例とに分けられるが、後者の憑霊のうちで正体の判明するものはすべて死霊であり、六条御息所の生霊に相当するような例はない。ただ貴船明神が祈願者の呪詛に感応して祟る例があるが、これも生霊とは違う(『源氏物語の〈物の怪〉』)。史書や記録類に照らす限り、六条御息所の生霊は作者のフィクションということになる。

とはいえ源氏物語のなかで見てみると、葵の上には多くの「物の怪、生霊《いきすだま》などいふもの」(葵)が取り憑いたが、生霊の正体については御息所だけではなく紫の上をも左大臣家では取りざたしている。葵の上に対する「恨みの心」が深いと思われたからである。むろん紫の上については見当違いの噂であったが、「恨みの心」が深いと生霊になると考えられていたのである。このような観念もフィクションなのか、こうした観念が一般化していたから御息所の生霊事件がありえたのか、どちらなのかは明らかではない。

夕顔巻で夕顔を取り殺した物の怪は美しい女であった。目撃したのは源氏だけである。その物の怪が六条御息所の生霊なのか、荒廃した某院《なにがしのいん》に棲みついた妖怪なのか、この某院にゆかりの死霊なのかは議論がある。源氏はこの某院の不気味な雰囲気におびえる夕顔に対して、鬼や狐などが人を脅かすことがあるが、自分が付いているから心配はないと話している。鬼や狐も人に取り憑き危害を及ぼす物の怪の一種と考えられていた。

また夕顔を殺した物の怪を見た時、源氏は宇多上皇が藤原褒子《よしこ》を連れて河原の院に行った時に、かつての河原の院の主人であった源融《みなもとのとおる》の亡霊が現れた話や、紫宸殿に鬼が現れて藤原忠平を襲った話を想起している。

紫式部の物の怪観

物の怪は実体的なものとして一般には理解されていたと考えてよいが、『紫式部集』にはそうした理解とは異なって、自分の「心の鬼」や「心の闇」が見させる心理現象として理解している記事がある。紫式部の物の怪観として注目されるが、次のような絵を見ている場面である。

物の怪に取り憑かれた醜い姿の女の後ろに、小法師にしばられた鬼になった先妻が描かれ、女の前では男が読経をして物の怪(鬼になった先妻)を退散させようと責めている絵を見て、紫式部と侍女が歌を詠みかわす。

紫式部　亡き人にかごとをかけてわづらふもおのが心の鬼にやはあらぬ

返し

侍女　ことわりや君が心の闇なれば鬼の影とはしるく見ゆらむ

妻に取り憑いた物の怪を男は先妻のせいにしてもてあましているが、実は男じしんの心の呵責によるものではないかと、紫式部が詠む。それに対して侍女が、もっともなこと、あなた(紫式部)の心が思い悩んで闇のようだから、物の怪も疑心暗鬼のなせるわざだとはっきり分かるのでしょうと応じる。ここで紫式部と侍女はともに物の怪は心の呵責や疑心暗鬼が生む幻影だというのである。

つまり物の怪は一般的には実体として観念されていたが、心理現象として理解する捉え方も一方にはあった。六条御息所の生霊についていえば心理現象として理解することも可能であるが、しかし、物語の前提には同時代の実体的な物の怪観念が存在したことを見落とすわけにはいかない。現世に恨みを遺した死霊の祟りが信じられた以上、生者の恨みも生霊となると考えることは容易であろう。生霊は現実の世界に存在すると考えられていたと理解してよい。

3　逆境の時代へ

慢心する光源氏

光源氏の人生は桐壺帝と左大臣の強力な庇護のもとに順風満帆であった。人々は常に源氏を称賛し、儀式の場では「まづこの君を光にし給へれば」(花宴)ともてはやしたが、それが知らず知らずのうちに源氏を慢心させ増長させた。葵の上を顧みないだけでなく、藤壺との密通に至ったのも、源氏の慢心や増長と無関係ではない。

そういう源氏に物語の語り手は苦言を呈している。密通事件のあと、藤壺が懐妊した時、源氏は異様な夢を見た。夢解きに占わせると、思いも寄らない内容のことを占った。それが何かは明言されることなく、謎掛けのようになっているが、源氏が天皇の父になるということだと解釈されている。後の物語に照らしてそう解釈してよい。同時に源氏じしん、逆境に遭い謹慎しなければならないことがあると占った。この夢占いはかつて高麗の相人が源氏には「帝王の相」と「乱憂」の相があると占ったことと照応している。

源氏は夢解きの占いが何を意味するのか不審に思っていたところに、藤壺が源氏と瓜二つの子を出産した。桐壺帝は赤子を源氏に見せながら、そっくりだと話す。源氏は恐ろしくもあり、もったいなくもあり、嬉しくもあり、感に堪えなかったが、同時に皇子に似ている自分は大切な身で大事にしなければならないと思う。「わが身ながら、これに似たらむは、いみじういたはしうおぼえ給ふ」――こう思う源氏に対して、語り手は「あながちなるや」(紅葉賀)、身勝手に過ぎると苦言を呈した。思い上がって自分に甘すぎるというのである。

源氏には自分の子が天皇になる、すなわち自分が天皇の父になるという夢占いへの確信が生まれていたのである。ただそのことと、自分に「帝王の相」があると予言されていたこととをどのように関連づけて考えていたのかは分からない。読者にもこの二つがどのように関連するのかは、この時点では明確ではない。だが、この時源氏はたしかに思い上がっていたのである。朧月夜に逢った時、「まろは皆人に許されたれば」(花宴)と言い放ったのも慢心以外の何ものでもない。この思い上がりが夢解きのもう一つの予言、逆境に遭い謹慎しなければならないことがあるという予言への顧慮を怠らせた。慢心が逆境を引き寄せる。

逆境へ

朱雀帝の即位は右大臣家の時代の到来を意味した。それ以来源氏には万事がおもしろくなくなった。それでも桐壺院の生前はまだよかった。譲位して二年後に桐壺院が崩じた時から、右大臣と弘徽殿大后《こきでんのおおきさき》の反撃が本格化する。任官を求めて正月の除目《じもく》(官職任命の儀式)のころには馬や車でごった返した源氏の邸も、今は任官の依頼に来る者もいない。これまで寵児ともてはやされたのは源氏の実力によるものではなく、桐壺院の庇護のお陰であった。そういう時代の激変の前で、源氏は不遇感や不満をつのらせた。

花散里を訪ねたのもそのころである。彼女の姉の麗景殿《れいけいでん》女御は桐壺院の女御である(麗景殿は後宮の殿舎の名)。花散里がその姉のもとに出入りしていた時に源氏は知り合ったらしい。女御と花散里がさびしく暮らす邸で、源氏は桐壺院の昔をしのんだ。

源氏は不遇感や不満をつのらせるあまりに、右大臣家に対して挑発的になっていった。自重しなければならないとは考えなかったようだ。

これまでも右大臣家では朧月夜が源氏との恋が原因で朱雀帝の女御になれず、尚侍にとどまったことを後宮政策のつまずきとして、源氏に対する反感が強かった。源氏はそれを承知の上で朧月夜との密会を重ねた。朱雀帝が五壇の御修法《みずほう》(帝や国家の重大事に行う修法)のために謹慎中の隙をうかがって、初めて逢った思い出の弘徽殿の細殿《ほそどの》で逢うとか、朧月夜が右大臣邸に退出した時に逢うというように、大胆な逢瀬を重ねた。最後は右大臣に密会の現場を押さえられるのだが、そこに至るまでの源氏の行動には無謀で自棄的な気配が濃い。

藤壺の決断

桐壺院の四十九日が終わって二月ほど後のこと、源氏は藤壺の三条の宮に忍び入り、藤壺を失神させるほど執拗にかき口説いた。彼は日頃の聡明でよく気が付く源氏とはうって変わって、まるでだだっ子のように分別のない言動を繰り返した。今の自分や藤壺や東宮(源氏と藤壺の子)が置かれている状況への何の顧慮もなく、ひたすら藤壺への思いの丈を訴えた。源氏二十四歳の春である。

逢ふことのかたきをけふに限らずはいまいく世をか嘆きつつ経む　(賢木)

これから先にも逢うことができないのでしたら、私は幾度も幾度も生まれ変わって嘆き続けることでしょう。藤壺にひたすら執着する源氏は無防備で自分の置かれた立場への分別はない。

藤壺は源氏の接近に危機感をつのらせ、万一源氏とのことがスキャンダルになれば弘徽殿大后の好餌《こうじ》になり、東宮も廃され破滅は避けられないと考えた。右大臣方は源氏のみならず、左大臣や藤壺に対しても圧迫を強めていたし、この後左大臣は辞職する。藤壺は東宮を守ることを最優先に考えるようになっていた。そのためにはどう対応するのがよいのか。源氏に東宮の後見役としての自覚を喚起し、弘徽殿大后の攻撃を封じるためにはどうすべきか。

藤壺の選んだ手段は出家であった。権勢への野心のないことの証としようとしたのである。桐壺院の一周忌のときである。この思い切った行動は世間を驚かせ、藤壺への同情をかきたてたが、何よりも源氏が「我さへ見たてまつり捨てては」(賢木)と東宮を守る責任に目覚めた。ことは藤壺の計算通りに運んだのである。藤壺はかつての桐壺院に守られた藤壺ではなく、みずからの政治的な判断で行動する人物になっていた。

源氏の「罪」と除名処分

源氏二十五歳の春の司召《つかさめし》では源氏も藤壺も露骨に冷遇され、左大臣は抗議の辞職をした。右大臣家の圧迫が一段ときびしくなったのである。そういう中、源氏は病気で退出した朧月夜と右大臣邸で密会した。東宮を守らねばという自覚はあったが、それでもその行動は自重を欠いて一貫性がない。甘えや慢心があったからだと考えるほかない。そういう源氏に対して、弘徽殿大后はこれを奇貨《きか》として源氏の失脚を計った。ことを表沙汰にすることは妹の朧月夜を犠牲にすることであるが、大后はあえてその道を選んだ。

朧月夜の事件によって源氏がどのような罪に問われたのか、必ずしも明らかではないが、除名処分だと考えられている。左大臣に向かって自分は官爵を取られたと話しているからである。しかし、弘徽殿大后は源氏を除名処分だけではなく、流罪に処そうとしていたらしい。罪名は謀反の嫌疑である。源氏はそういう情報を得たために、自発的に須磨に下る決意をしたと左大臣に話した。政治的な野心のないこと、謹慎の態度を表そうとしたのである。これは藤壺の出家の行動と軌《き》を一《いつ》にする。とはいえ、藤壺が出家し、源氏が須磨へ退去し、左大臣も辞職した後に、孤立無援の幼い東宮の地位が守られるのか、これはリスクの大きな賭けであった。実際に弘徽殿大后はこの間に東宮の廃立を試みたことが、後になって明らかにされる。

須磨退去の物語は何に準拠するか

こうした源氏の須磨への退去は史実にはない異例なものであっただけに、中世の注釈書はその先蹤《せんしょう》を探し求めた。そして中納言在原行平《ゆきひら》の須磨蟄居、古代中国の周公旦《しゅうこうたん》の東征、右大臣菅原道真と左大臣源高明《たかあきら》の大宰府への左遷その他の例を挙げて、これらを取り合わせて物語に作ったと述べた。実際須磨に退去した点では行平が、讒言《ざんげん》を避けての自発的な退去という点では周公旦が、謀反は無実であるという点では道真や高明がというように、彼らはそれぞれ部分的に源氏の須磨退去の物語に関わりをもつ。中でも源氏は行平の歌や道真の漢詩を口ずさみ、須磨の嵐の場面では周公旦の故事が踏まえられる点、彼らの故事は積極的に物語に組み込まれたと考えてよい。

ところで、源氏は須磨でどのような暮らしをしたのか。彼は須磨に『白氏文集』を持って行ったが、その白居易の晩年の香鑪峰《こうろほう》下の草堂をまねて作ったのが源氏の住まいであった。白居易もまた左遷の憂き目にあった詩人である。須磨の光源氏はそうした悲運の政治家や文人、詩人たちと共鳴しあう。

その須磨での暮らしは源氏の人生の中で唯一の禁欲的な生活であった。女性の不在をはじめとして、仏道の勤行と、都の人々との文通以外には、琴を弾き絵を描き手習いをし和歌を詠み漢詩を吟ずるというのが日課であった。そういう中で源氏は無実を訴え続けた。

潔白を主張する光源氏

源氏の無実の訴えとはどういう意味なのか。謀反の嫌疑が無実なのは分かるとしても、朧月夜とのことも無実なのだろうか。

須磨に下って一年が経とうとする二月に、思いがけなく京から宰相中将(旧頭中将)が訪問した。彼は右大臣の四の君と結婚しており、今の右大臣政権下でも重んじられていたが、内心は現政権に不満を抱いていた。久しぶりの再会を喜んで、二人は一夜を語り明かしたが、別れに臨んで源氏はわが身の潔白と無実を次のように詠んだ。

雲ちかく飛びかふ鶴《たづ》も空に見よわれは春日のくもりなき身ぞ　(須磨)

「雲」は宮中を、「鶴」は宰相中将をたとえる。宮中にいるあなたもご覧ください、私はこの春の日のように潔白な身です。これは宰相中将に託したメッセージである。

三月になると、源氏は海辺で上巳《じょうし》の祓《はらえ》を行った。上巳の祓とは三月上旬の最初の巳の日に行う不祥を祓う禊《みそぎ》であるが、その時にも次のような歌を詠んだ。

八百よろづ神もあはれと思ふらむ犯せる罪のそれとなければ　（須磨）

「犯せる罪」がないと神に誓って無実を訴える。源氏の無実への確信は本心からのものである。

では朧月夜とのことは無実なのか。これが分かりにくい点であるが、源氏は朧月夜との件は謀反に当たらないのはむろんのこと、除名処分になるほどのことでもないと考えていたらしい。その理由は朧月夜が女御ではなく、事実上の妃とはいえ尚侍である以上、女官との恋は処罰の理由にはならないという理屈であったようだ。朧月夜との恋は彼女が朱雀帝に入内する以前からのことであったからでもある。

「天眼」への恐れ

源氏が恐れたのは、こうした処罰は「前《さき》の世の報い」(須磨)という前世からの罪の報いであり、世間には知られていないが、藤壺とのことが咎められているのではないかということであった。須磨に退去して仏道の勤行にはげむのは、わが身にそなわる前世からの罪を償うためであったようだ。これは政治的な処罰とは別次元の、仏教の罪障観念による罪の意識である。

源氏は藤壺との密通を「天眼《てんげん》」によって見通されているのではないかと恐れた。須磨に下るに先立って藤壺に別れの挨拶をしたとき、次のように述べた。

かく思ひかけぬ罪に当たりはべるも、思うたまへあはすることの一ふしになむ、空も恐ろしうはべる。(須磨)

思いも寄らぬ除名処分を受けたことは、思い当たるただ一つのこと(藤壺との密通)のために、天の咎めも恐ろしいというのである。この「空」は「天眼」の意味である。「天眼おそろしく」(薄雲)とか、「空に目つきたるやうに」(若菜下)という用例がある。世間の目はごまかせても「天眼」はすべてを見通しているので欺くことはできないから恐ろしいのである。

源氏物語にはこうした罪の意識があった。須磨の源氏はわが身に恥じることがないかどうか、内省の時間を生きたのである。

4 明石の君の物語

源氏、明石に移る

源氏が上巳の祓を行って、神々に無実を訴える歌を詠んだとき、その訴えに感応したのか、あるいはそれを咎めたのか、突然激しい暴風雨が襲い、以来二週間近く荒れ狂った。

その嵐が最高潮に達した日、源氏の夢に亡き桐壺院が現れて、住吉神の導くままに早く船出して須磨の浦を去るようにと告げるとともに、京の朱雀帝にも言うべきことがあると言って立ち去った。夢から覚めた源氏は亡き父が助けに現れたと頼もしく思っていたところに、明石に住む、前の播磨の国守で今は出家している明石入道が小船で迎えに来た。入道も嵐がおさまったら須磨の浦に船を寄せよという夢の告げがあって迎えに来たと話す。源氏は不思議な夢の符合に驚き、これは神の助けかもしれないと考えて入道の申し出に従うことにした。船に乗ると不思議な風が吹いて飛ぶように明石に着いた。

実は明石入道については八年前の十八歳の春、源氏は北山に瘧病《わらわやみ》の治療に出かけたとき、治療の合間の散策の座興に従者から次のような噂話を聞いていた。

入道は大臣の子孫で出世しようと思えばできたはずの人だが、変わり者で近衛中将を棄てて自分から望んで播磨の国守になり、そのまま明石に住み着いて入道になった。国守として財産を貯え風流で豊かな暮らしをしているが、没落意識が大変強く、それと裏腹に娘には特別な期待を寄せていて、身分相応の結婚は眼中になく、娘には自分の死後自分が思い描いている運命のようにならなかったならば、海に入水せよと常々遺言している、と従者は話した。

その時源氏は入道の奇妙な遺言をいぶかしく思い、入道親子にいたく興味を引かれたが、その時は座興の噂話で終わった。今その入道に導かれて明石に移ったのである。

明石入道と光源氏

源氏は明石入道の浜の館に暮らすことになった。広い敷地に風流な苫家《とまや》や三昧堂《さんまいどう》や稲倉の立ち並ぶ豪壮な邸宅である。入道と家族は浜の館からは少し離れた岡辺の宿に住んでいた。一ヶ月ほど過ぎた初夏ののどかな夕月夜に、源氏は明石の海の美しさに心うたれて琴《きん》を掻き鳴らした。その音色に感動した入道も琵琶や箏《そう》の琴《こと》を持ってやって来て、夜を徹して管弦の遊びとなり、源氏は入道の箏の琴が醍醐天皇の奏法を伝えると聞いて驚く。

その夜入道は自分の半生を語り、娘明石《あかし》の君《きみ》を源氏と結婚させたいと申し出た。入道は源氏がこのような田舎にさすらって来たのは、長年の自分の神仏への祈りが嘉納された結果ではないか、住吉神に祈願を掛けてから十八年になるが、その間娘を都の高貴な人と結婚させたいと願い続けてきたと話した。源氏は入道の話に感動し、自分が無実の罪で思いがけない田舎にさすらう理由が前世からの深い因縁によっていたのだと納得できたと言って、結婚を承諾した。

明石の君にとっての結婚

入道は娘と源氏との結婚にあせっていたから、この身分違いの結婚がどういう形の結婚でなければならないのか深く考えていなかった節がある。当時の通常の結婚は招婿婚であり、男が女の親の了解のもとに文通をし、二人の合意ができると男が女の家に通うのである。親の了解なしに交際が始まった場合でも、結婚は女の親が承認し男が女の家に通うのが原則であった。

ところが、入道は源氏の関心を引こうとして娘の琴を自慢したときには、源氏が聞きたければ何の遠慮もいりません、「御前《おまえ》に召《め》して」(明石)と気軽に言った。もし源氏が明石の君を「召して」結婚したならば、彼女は召人《めしうど》という女房待遇の地位に甘んじた可能性がある。召人とは、主人と恒常的な愛人関係にある女房をいう。文通を始めて三ヶ月が経ったころ、源氏はわびしさがつのり、「とかくまぎらはして、こち参らせよ」(明石)と入道に娘の説得を頼んだが、彼は自分が通っていく招婿婚の形ではなく、召人待遇の結婚しか考えていなかった。

だが、明石の君にとっては召人のような結婚は出来ない。源氏の求婚が父入道の懇請によるとはいえ、彼女は結婚に至るプロセスでは気位高く文通した。最初の源氏の手紙には返事を出さないので、入道が代筆すると、翌日源氏からは代筆の返事はこれまで経験がないと苦情が来て、はじめて彼女は返事を書く。その筆跡や文面は貴人の風情があった。その後は二、三日置きの文通が続いたが、月日が経つにつれて二人の間には招婿婚の結婚か召人待遇の結婚かをめぐって駆け引きと対立が顕在化してきた。

源氏は女の家に「渡り給はむことをばあるまじうおぼしたるを、正身《そうじみ》はたさらに思ひ立つべくもあらず」(明石)というのである。源氏は女を召すことにこだわったが、明石の君は源氏の召しに応じることは断固拒否した。結局源氏の方が折れて秋八月十三夜の名月の晩に、源氏が浜の館から明石の君の岡辺の家を訪ねて結婚した。源氏を通わせる招婿婚の結婚になったのは明石の君の粘り勝ちである。

はじめて逢った明石の君の雰囲気は六条御息所に似ていると源氏は感じた。「人ざまいとあてにそびえて、心はづかしきけはひぞしたる」(明石)——気品があり気後れを覚えるような感じの人だと源氏は思った。

源氏と明石の君との結婚が、紆余曲折はあったが、こうして招婿婚の形式に則ったものになったことは、こののち明石の君の地位を保証するうえで大事な出発点であった。

しかし、明石の君にとって源氏との結婚は、予想していたこととはいえ、身分違いの悲哀を嚙みしめることになった。源氏は京の紫の上にははばかって、訪ねることも間遠だったからである。

その後の展開

その後の成り行きについて、以下簡単に触れておく。結婚一年後、源氏は帰京を許された。明石の君は懐妊しており、翌年の春に女子を出産する。源氏はすぐに上京を勧めたが、明石の君は従わず、姫君が三歳になった年にようやく上京した。しかし、源氏の邸には入らず、大堰《おおい》の邸に暮らした。源氏の待遇を見極めようとしたのである。しかし、姫君はその将来のために紫の上の養女として手放した。大堰で暮らすこと四年、後に詳しく触れる源氏の大邸宅六条院が完成した時に、彼女は紫の上、花散里とともに入居した。

明石の君にとって源氏との結婚は身分違いの苦渋を嚙みしめる隠忍自重の日々であったが、しかし、これこそが明石入道の長年の悲願だったのである。この行く手に入道がさらに何を期待していたのかは、物語はまだ明らかにしていないが、入道の住吉神への祈願がここに大きく前進した。それは光源氏にとっても大きな意味を持っていたが、その全貌が明らかになるのはまだまだ先である。

第四章

権勢家への道

源氏の住吉社参詣(澪標)．中央，黒の束帯姿の源氏が，すそを持つ童を従えて歩む(京都国立博物館蔵，土佐光吉筆『源氏物語画帖』より)

〈物語の概要〉

光源氏は明石から帰京すると桐壺院の追善の法華八講を行い、冷泉帝の即位に伴って、内大臣として帝を後見することにより政権を掌握した。天皇の交代によって六条御息所と娘の斎宮が帰京し、御息所は源氏に娘の後事を託して亡くなる。源氏は前斎宮を養女として冷泉帝に入内させる。梅壺女御(のちに秋好中宮)という。冷泉帝には権中納言(旧頭中将)の娘の弘徽殿女御など有力な妃が入内していたが、梅壺女御と弘徽殿女御との絵合で勝った梅壺に、帝の寵愛は増した。源氏は二条院の隣に二条東院を造り、花散里や末摘花、空蝉を入居させた。また嵯峨野に御堂や桂の院を造営し、仏事や遊楽にかこつけて、大堰に住む明石の君親子を訪ねた。源氏三十二歳の年には天変地異が続き、藤壺が亡くなる。その直後に冷泉帝は夜居の僧から実父が源氏であると告げられて驚愕し、源氏への譲位を考えたが、源氏は受けない。また源氏は朝顔に求婚し、紫の上を不安がらせた。三十三歳の年、梅壺女御が立后し、源氏は太政大臣に進み、長男夕霧を大学に入学させた。

(澪標・蓬生・関屋・絵合・松風・薄雲・朝顔・少女)

1　光源氏の政権の確立

新しい時代へ――冷泉帝の即位

光源氏は二十八歳の秋、明石から帰京した。朱雀帝が眼病のために東宮への譲位を決意し、そのために東宮の後見である源氏の召還が必要になったからである。朱雀帝は前年の嵐の夜に夢で桐壺院から源氏の件で叱責され、目を見合わせて以来眼病を患っていた。

帰京後の源氏はさっそく桐壺院の追善の法華八講を主催し、世間は桐壺院時代の治世の継承をアピールする源氏を歓迎した。翌年二月、東宮の元服と同時に朱雀帝が譲位し、源氏は新帝、冷泉帝の後見として内大臣となる。内大臣は令外《りょうげ》の官(令に規定された以外の官)であるが、左大臣右大臣の下位にある官ではない。源氏の場合は左右大臣にまさる権力を持っていた。

冷泉帝は元服したとはいえ十一歳という若年であったから、源氏は摂政の位を、左大臣を辞職していたかつての舅(致仕《ちじ》大臣)に譲り、致仕大臣が摂政太政大臣として返り咲いた。その長男で須磨に源氏を訪ねてきた宰相中将(旧頭中将)は権《ごん》中納言になる。新しい東宮には朱雀院の承香殿《しょうきょうでん》女御の皇子が立った。右大臣家の政権下で日の目を見なかった人々が復活し、新しい時代の到来が告げられた。

朱雀院の嘆き

右大臣家は右大臣が亡くなり、弘徽殿大后も病に臥して、衰運がいちじるしかった。特に新しい東宮が右大臣家の血筋ではないのを弘徽殿大后も朱雀院も悔やんだ。彼らの嘆きは朧月夜に向けられた。

朱雀帝は退位を前にして朧月夜にどうして自分の皇子を生んでくれなかったのか、源氏が帰京した今は源氏の子を生むのだろう、しかし、源氏の子は臣下でしかないと言って恨んだ。これは朧月夜が皇子を生んでいれば、その皇子を東宮に指名できたし、そうなれば右大臣家が再び政権の座につくことができるのに、それが不可能になったことを悔やんだのである。この朱雀院の言葉はそのまま弘徽殿大后の考えを代弁していた。弘徽殿大后は朧月夜が朱雀帝の皇子を生むことに外戚としての命運を賭けていたのだが、それがもろくも崩れたのである。

住吉参詣

帰京後の源氏は自邸の二条院の東隣に東院(二条東院)を、京の西郊の嵯峨野に御堂《みどう》や桂の院という別荘を造った。寺や別荘の造営は権門貴族の権勢の証である。この後東院には花散里や末摘花、空蟬が入居し、嵯峨野の御堂や桂の院は大堰《おおい》に移り住んだ明石の君を訪ねる時の口実に利用される。

さかのぼって冷泉帝の即位した年の秋、源氏は住吉に参詣した。須磨の嵐のさなかに住吉神に大願を立てて祈ったことの願ほどきである。参詣には上達部《かんだちめ》や殿上人《てんじょうびと》が我も我もとお供をし、立派な奉納の品々を持った行列が続き、東遊《あずまあそび》を舞う楽人十人は顔立ちの整った者をそろえた。その盛大な行列の中で源氏の車には特別に帝から許された童随身《わらわずいじん》が従い、嫡男の夕霧の乗る馬には衣装をそろえた馬副《うまぞい》の童が従って、光源氏父子の参詣であることを際だたせた。

たまたまこの時、源氏の参詣とも知らずに、まだ父の入道のもとにいた明石の君も毎年恒例にしている参詣に来合わせていた。明石の君は源氏の盛大な行列を目の当たりにし、彼我《ひが》の身分や境遇の懸隔を思い知らされて涙にくれた。そのことを知らされた源氏は、彼女の心中を思いやって歌を贈る。

みをつくし恋ふるしるしにここまでもめぐり逢ひけるえには深しな　（澪標）

命を懸けて恋する証拠にここでもまためぐり逢う私たちは深い因縁に結ばれているのですね。

この歌で明石の君は救われる。

六条御息所の死

冷泉帝の即位によって斎宮が交代し、伊勢に下っていた六条御息所と娘の斎宮が帰京したが、まもなく御息所は重い病にかかって出家した。源氏が驚いて見舞いに駆けつけると、御息所は娘の将来を心配して切々と訴えた。

女親に先立たれた娘は不憫なことが多いので、源氏が娘を愛人のように世話するのは困る。自分のつらい人生に照らしてみても、女は思いも寄らないことで悩みを重ねるものだから、娘は何としてもそういう目に遭わせたくないと頼んだ。

「憂き身をつみはべるにも、女は思ひのほかにて、もの思ひを添ふるものになむはべりければ」(澪標)という言葉には、御息所の不運だった生涯の嘆きがこめられている。大臣の娘で東宮に入内し、将来は皇后を夢見たはずが、東宮の急死で娘を抱えて未亡人になり、源氏に言い寄られて深い仲になったが、その後源氏は冷淡な態度に終始する。さらに物の怪事件まで引き起こしてしまい、源氏のことを諦めようと、娘が斎宮になったのを口実に伊勢に下ったのであった。

源氏に娘の後事を託した御息所は、安心したかのように、一週間ほど後には逝去した。

前斎宮の冷泉帝入内

かつて前斎宮が伊勢に下る時、大極殿《だいごくでん》での別れの櫛をさす儀式で彼女を見初めた朱雀院は、それ以来並々ならぬ好意を寄せていて、帰京後は熱心に求婚していた。しかし、源氏はそれを承知しながら、藤壺と相談して御息所の遺言を口実に、彼女を冷泉帝に入内させることにした。このとき権中納言(旧頭中将)がすでに娘を冷泉帝に入内させ、兵部卿宮(藤壺の兄)もその準備を進めていたが、源氏には適当な娘がいなかったからである。安定した政権基盤を作るためには後宮を制することが必要であった。源氏にとって前斎宮は御息所からの願ってもない贈り物になったのである。

この時の源氏と藤壺の連携は冷徹に政治的であった。かつての許されない愛に苦悩した面影とはうって変わって、彼らは当面する政治状況に果断に対処する政治的人間に変貌していた。二人は冷泉帝の親として冷泉帝の時代を支えなければならない。

前斎宮を冷泉帝の女御とすることは、源氏にとって政治的意味があったが、一方御息所の鎮魂のための最上の策でもあった。源氏は御息所の恨みを忘れてもらえるように世話したいと話したが、後年に再び物の怪となって現れた御息所は、源氏の後見に感謝している。

絵合と「天徳内裏歌合」

前斎宮は入内して梅壺《うめつぼ》(凝華舎《ぎようかしや》)に住んだので梅壺女御と呼ぶが、彼女は絵を描くのが上手だった。冷泉帝は先に入内した権中納言の娘である現在の弘徽殿女御に親しんでいたが、帝も絵が上手で、絵の趣味が一致したところから梅壺女御と親密になった。権中納言はこれを知り、弘徽殿女御への寵愛が薄れることを心配して、新作の絵の制作につとめた。そこで、弘徽殿と梅壺両者の絵合《えあわせ》が行われることになった。

まず藤壺の御前で行われたのが物語絵の絵合である。梅壺方では竹取物語や伊勢物語という古風な物語絵を出し、弘徽殿方では宇津保物語や正三位物語という当世風の物語絵を出して優劣を競った。これが盛会であったことから冷泉帝の御前でもおこなうことを源氏が提案し、両者がともども年中行事絵や山水画などの持てる限りの名作で争う。結局源氏の須磨の時代の絵日記によって梅壺方が勝利した。

この冷泉帝の御前の絵合は、左の梅壺方は調度や女房の服装の色を紫や赤色系統で統一し、右の弘徽殿方は青色系統で統一するなど、行事の演出から場所まで、村上天皇の天徳四年(九六〇)三月の「天徳内裏歌合《てんとくだいりうたあわせ》」を手本にした創作である。「天徳内裏歌合」は後世の歌合の規範とされた盛儀で、清涼殿の西廂《にしびさし》から後涼殿《こうろうでん》の東簀子《ひがしすのこ》敷にかけて左右のチームがそれぞれ陣取って、二十番の勝負をした。後世、村上朝の文化隆盛の象徴と目されたものである。絵合はそれになって冷泉朝の聖代を象徴する。

さるべき節会《せちえ》どもにも、この御時よりと末の人の言ひ伝ふべき例を添へむとおぼし、私ざまのかかるはかなき御遊びもめづらしき筋にせさせ給ひて、いみじき盛りの御世なり。

（絵合）

宮廷行事にも、冷泉朝からはじまったと後世の人が言い伝えるような新例を加えようと源氏は考えて、絵合のような私的な遊びも目新しい趣向で催し、冷泉朝はすばらしい繁栄の時代を迎えたというのである。これは光源氏による冷泉朝聖代の実現である。村上天皇の時代（天暦）を第一章でも触れた醍醐天皇の時代（延喜）に次ぐ聖代とみなす延喜天暦聖代観が、紫式部の時代には成立していた。物語は桐壺帝と冷泉帝の時代を延喜・天暦になぞらえて、理想的な時代として語ったのである。延喜天暦準拠説は、源氏物語の理解に欠かせない視点である。

栄華のさなかに出家を思う

光源氏は権門としての地位を確立し、栄華の階梯を登っていったが、そうした中で彼はふと立ち止まり、自重と謙抑をみずからに言い聞かせることがある。

人の世は無常であり、冷泉帝がいま少し大人になったら出家しよう。昔の例を見聞きしても若くして高位高官にのぼり世に抜きんでた人は長寿を保つことがない。自分は官職も位も人望も身の程に過ぎている。中途で苦境に沈んだ嘆きの代償として長らえているのだ。これから先の栄華は命が心配だし、出家して静かにこもって極楽往生のための勤行にはげみ、命も延ばそう。そう考えて山里に御堂を造った。

これがどれだけ深い宗教心なのかはともかくとして、栄華のさなかに人生を無常と観念し、出家を思うところには、光源氏の一種の回心があると理解してよい。権勢家への道をあゆむ源氏の心の底には、権勢のために他者を犠牲にすることはやむをえないとして行動しながら、ためらい逡巡する思いがある。

たとえば梅壺女御の入内のためには朱雀院の願いを無視しなくてはならず、明石姫君の将来のためには明石の君に姫君を手放させなければならない。これを、源氏は自分は罪深いことをしているのではないかと思う。栄華に安住しきれない意識が潜在したと見てよい。

藤壺との密通についても源氏には罪の意識が稀薄だと評されるが、必ずしもそうとは言い切れない。個人の良心を問題にする近代的な罪意識とは異なるが、仏教の罪障観念や「天眼」という観念による贖罪や恐れの意識が強く存することについては、第三章で触れた。須磨における禁欲的な仏道精進も贖罪の意識と無関係ではなく、御堂の造営と仏事供養も源氏の罪障観念と無縁ではない。ただそれが不徹底であったことは語り手も認めるところで、源氏がすぐに出家することはなさそうだと語っている。

2　冷泉帝の出生をめぐって

藤壺の死――冷泉帝が真実を知る

源氏三十二歳の春、冷泉帝が即位して四年目、帝も十四歳になった。この年は摂政太政大臣(頭中将と葵の上の父左大臣)が亡くなり、天変地異が続く不穏な年であった。そういうなか藤壺が亡くなった。三十七歳であった。

生前の藤壺は誰に対しても慈悲深く、権勢を笠に着て他人に迷惑をかけるような振る舞いがいっさいなく、人々が奉仕することに対しても世間の苦しみとなることは取り止め、仏事供養も賛美を尽くすことなく、宮家の財産や収入の範囲内で心を込めて営むというふうであった。そういう藤壺の高潔な人柄を惜しまない者はいなかった。

この藤壺を追悼する文章は六国史の官人薨卒《こうそつ》伝にならうものである。第一章で仁明天皇の女御藤原沢子の卒伝に触れたが、物語は后妃の薨伝にならって藤壺の生涯を讃えたのである。

藤壺の四十九日がすんだころ、夜居《よい》の僧(帝の祈禱僧)がある晩、冷泉帝に実父が源氏であり、天変地異は帝が分別のつく年齢に達したことから、出生の真実を知らせよとの啓示であると告げた。冷泉帝は驚き、どうすべきか悩む。桐壺院のために気が咎め、父源氏が臣下でいるのも畏れ多く、中国と日本の先例を調べたが、中国には帝王の血統の乱れが多いが、日本の史書には例がない。例がないからといって、実際になかったとは限らないが、臣下に下った一世の源氏が後に親王に復帰して即位した例ならばある。それに倣って源氏に譲位しようと、帝は考えた。秋の司召《つかさめし》(京官任命の儀式)に先立って、源氏と人事の相談をするときに譲位の意向を漏らすと、源氏は帝が出生の秘密を知ったことに恐懼し、これまでどおり臣下として仕える決意を述べた。

冷泉帝が出生の秘密を知ったことはどのような意味を持つのか。藤壺亡きあとの冷泉帝と源氏の関係はそのままでは通常の君臣関係となるほかなかったが、実の父子であることを帝が知ったことで、まさしく異例の君臣関係となる。藤壺を媒介としていた帝との関係が直接的な父子関係になったことが、帝と源氏の連携を不動のものにするのである。

安藤為章と本居宣長の論争

この冷泉帝の出生の問題については、江戸時代の儒者安藤為章が当時の議論に触れながら、次のように述べた。——作り物語だから深く沙汰するには及ばないとか、仔細のあることだから隠すべきだとか、醜い趣向であり読む気がしないとか、いろいろ言われるが、冷泉帝は桐壺院の子であり孫であって帝系の乱れというには当たらない。しかし、後世帝系の乱れが起こらないとも限らないから、そういうことのないようにという、紫式部の諷諭の意図がある。紫式部の識見は大儒の心意に等しく、読者はそこを心得て読まねばならない（『紫女七論』）。

これを最も厳しく批判したのが国学者本居宣長である。宣長は為章の諷諭説は物語を理解していない儒者心の偏見であると言い、物語は「もののあはれ」を読者に教えるのが本質であるという物語論を展開する。冷泉帝の出生にかかわる源氏と藤壺の密通は、「恋の物のあはれのかぎりを、深くきはめつくして見せむため」であり、許されない恋にこそもっとも深い「あはれ」の感情を表現できるのであって、物語はそれを目的としたと論じた（『源氏物語玉の小櫛』）。

冷泉帝の問題は為章や宣長の議論の他にも、不義の子の即位という構想にかかわって、秦《しん》の始皇帝が政商、呂不韋《りょふい》の子であるという『史記』の記事が典拠に挙げられ（『河海抄』）、また前述したように源氏の王権物語の一環でもあるなど、複雑な意味を持っている。そのような物語がなぜ書かれたのか、たった一つの正答というようなものはありえないだろうが、この物語には深い問いかけを見ることができる。国史に記録がないからといって歴史にもなかったとは言えまいという冷泉帝の言葉にあるように、歴史の闇に向けられた問いかけである。冷泉帝の物語がありえないわけではないと現代の読者にも思わせるのは、この歴史の闇への問いかけの深さによっている。そうした複合的な意味を読み解いていくことが求められる物語なのである。

3　光源氏の惑い

梅壺女御に恋を訴える

梅壺女御は冷泉帝より九歳年長であったが、年若い帝のお世話役として打ってつけで、絵合以後、帝の寵愛はいっそう深まった。秋になって女御が二条院に退出したとき、源氏はすっかり父親顔をして世話を焼いていたが、女御に対面して女御の母御息所を回想するなどしているうちに突然恋情を訴え言い寄った。源氏は女御に前から強い関心を持っていたのである。

君もさはあはれをかはせ人知れずわが身にしむる秋の夕風　（薄雲）

あなたも私と思いを交わしてください。私は人知れず秋の夕風が身にしみる思いです。女御は源氏の唐突な恋の訴えを不快に思って奥にのがれる。源氏は深追いはせず、「あながちなることに胸ふたがる癖（理不尽な恋に胸を熱くする癖）」（薄雲）がまだあったと思いながら、これは不都合なことと思い、ひるがえって藤壺事件の罪の深さを思い、昔と違って自制するようになったのは自分も思慮深くなったと思う。

なぜ梅壺女御に言い寄ったのか、単なる戯れなのか、やみがたい思いがあったのか、自制したとはいえ不可解なところがある。源氏には許されない恋や障害の多い恋に夢中になる「癖」があることはたびたび語られたが、そういう性癖がまた発揮されたのだろうか。

だが、これは藤壺密通事件の再現になりかねない性格があった。帝の妃に対して同じような過ちを繰り返し、同じように不義の子が即位するようなことがありえないことではない。源氏の恋の衝動には王権コンプレックスがあるのではないか。女御に言い寄る源氏の行動には本人も十分自覚していない深層の心理があったように思われる。

紫の上の不安と孤独

第三章で、光源氏の一度恋心を抱くと諦めない性癖のことも述べた。朝顔巻で語られる朝顔への恋はその例で、源氏が十七歳のころに朝顔の歌を贈ったのが始まりである。朝顔は式部卿宮の姫君で、源氏にはいとこにあたる。源氏二十四歳の春、斎院となり、三十二歳の秋、父宮の死によって斎院を退いた。その後父の桃園の邸で叔母の女五の宮と暮らすようになったが、源氏は女五の宮の見舞いにかこつけて訪問するようになり、源氏の朝顔への求婚はまもなく世間の評判になった。女五の宮は桐壺院の妹である。

これに神経をとがらせたのが紫の上である。紫の上は明石姫君を養女として源氏の正妻格の地位に安定していたが、源氏が真剣であることを見て取ると、自分より格式の高い朝顔を源氏が妻にした場合を考えて、不安をつのらせた。結果は朝顔に結婚の意志がなく、紫の上の心配は杞憂《きゆう》に終わったが、この出来事は源氏の妻としての紫の上の立場の不安定さを明らかにした。源氏は朝顔とのことは取るに足らない文通で、何も心配するには及ばないことだと弁明したが、彼女は源氏への不信を払拭できない。紫の上は源氏の話を聞きながら、冬の夜の雪の降り積もった庭の景色に託して、冷え冷えする心を詠んだ。

氷とぢ石間の水はゆきなやみ空すむ月のかげぞながるる　（朝顔）

遣り水には氷が張って石の間を流れる水は流れかねていますが、空に澄む月は西に向かって行きます。上の句には紫の上の冷たく閉ざされた心を「ゆきなやむ水」として表象し、下の句には自分から離れていく源氏を「月」にたとえて、西に行く月を見送る孤独な思いを詠む。その横顔が美しく藤壺にそっくりだと気づいた源氏は紫の上への愛情を新たにするが、しかし、これは紫の上が依然藤壺の「形代《かたしろ》」であることにほかならない。藤壺は死後もなお源氏の心をとらえているのである。

朝顔巻の物語は紫の上の妻の座の不安要因と、源氏が依然藤壺に呪縛されていることとを語った。この二つの事柄は源氏と紫の上との関係を規定する非常に重要な問題である。後に第六章で詳しく触れる若菜上巻の女三の宮降嫁の物語は、この二つの問題を軸として展開することになる。朝顔巻の意味は重い。

4 太政大臣光源氏

夕霧の大学入学

光源氏は内大臣として押しも押されもしない権勢家になっていた。その長男は夕霧である。故摂政太政大臣の娘で亡き葵の上とのあいだの子であるが、源氏はこれまで祖母の大宮(桐壺院の妹)に養育をまかせてきた。その夕霧の元服を機に、源氏は夕霧を六位にして大学寮で学ばせることにした。

大学寮は奈良・平安時代の高等教育機関であるが、中下級官人の養成機関であり、大学寮の最盛期であった十世紀半ばでも権門の子弟が入学することはほとんどなかった。当時貴族には蔭位《おんい》という特権制度があって、親王の子や一世源氏は四位で任官できたから、それを準用すれば二世源氏の夕霧は光源氏の権勢からして四位で任官してよかったし、世間もそのように予想していた。ところが、源氏はそうした予想にあえて反する措置を取って、夕霧を六位の大学《だいがく》の生《しょう》にしたのである。これには祖母の大宮が驚き、夕霧も不満に思い、世間でも源氏の意図をいぶかしがった。

しかし、源氏の考えははっきりしていた。夕霧には今大学教育を受けさせることが、源家の将来と夕霧の将来とを考えて最も必要なことだと、大宮に話している。源氏は、自分は宮中で成長したので世間の様子を知らず、帝の前で少しは勉強したがそれは不十分であったという。だから夕霧も権門の子として官爵が思いのままになり、栄華をほしいままにしていると、学問に苦しむようなことは敬遠するようになるだろう。だがひとたび時勢が変わって親も亡くなり、家が衰退に向かうと、学問に裏付けられた実力のない身では、世間から侮られても頼りどころがない、と言い、さらに次のように続けた。

なほ、才《ざえ》をもととしてこそ、大和魂《やまとだましい》の世に用ゐらるる方《かた》も強うはべらめ。さし当りては心もとなきやうにはべれども、つひの世のおもしとなるべき心おきてをならひなば、はべらずなりなむ後もうしろやすかるべきによりなむ。　（少女）

きちんと学問を修めておいてこそ「大和魂」が発揮されて指導力を振るえるのであり、当座はもどかしいようであっても、夕霧は将来国家の柱石《ちゅうせき》となる者として、そのための学問を今修得しておけば、自分の死後も安心だ。ここにいう「大和魂」とは、漢学の知識を日本の実状に合わせて応用する判断力や常識という意味である。

源氏は末長い源家の繁栄のためには、夕霧をしっかりと教育しておかねばならず、安易に蔭位の制度に頼るべきではないと考えた。貴族層の信任をかちえるだけの実力や人望なしには、将来にわたる源家の繁栄はおぼつかない。光源氏は源家百年の計に思いをめぐらしていた。

そういう源氏の方針はきびしかった。これまで夕霧は大宮に預けていたが、大宮のもとでは甘やかして勉強の妨げになると考え、二条東院の花散里に世話を見させて、大宮への訪問は月に三度しか許さなかった。実はそのころ夕霧は大宮のもとで一緒に育てられた、いとこの雲居《くもい》の雁《かり》を恋するようになっていたから、父の厳しい方針に不満を持ったが、まじめな性格なのでよく我慢して一心不乱に勉強し、四、五ヶ月のうちに『史記』を読み終わり、翌年には文章《もんじょうの》生《しょう》に合格し、その年の秋には叙爵して侍従になった。

文化隆盛の時代へ

夕霧の大学入学は内大臣光源氏の文教政策と一体であったのである。源氏の政策はてきめんに「大学の栄ゆる」(少女)時代を将来し、身分の上下を問わず大学に志すようになったので、世の中には学問のある有能な人材が多く現われ、学問芸道の各分野で才能が認められる時代となった。

この源氏の大学重視策は、物語の時代設定とも重なる当時の学者による大学の復興を訴える意見と共通していた。三善清行《きよつら》『意見十二箇条』は延喜十四年(九一四)に醍醐天皇に提出されたものだが、そこには大略次のような一節がある。――国を治めるには賢能が必要であり、賢能の養成は学校が基本である。それゆえ昔の明王は必ず学校を作って徳義を教え、儒教の聖典を習わせ、守るべき道を順序を立てて述べた。『周礼《しゅらい》』には卿大夫(家臣)が王に書を奉ると、王はそれを拝受したとあるが、これが道を尊重し、政治に携わる者を貴ぶことであると。

三善清行はそのような大学の役割が年々軽視されて、近年では大学も学生も困窮していると、その現状を訴えて、朝廷は大学への財政支援を講ずるべきだと述べている。

源氏が「昔おぼえて大学の栄ゆるころ」(少女)を実現したのは、あたかも清行の意見に応えたかのようである。物語の論理として言えば、源氏は大学を本来あるべき姿に復興し、わが子の教育においてそれを実践し、社会に範を示したのである。そういう光源氏の政策が冷泉朝の文化隆盛を導いた。

太政大臣とは何か

内大臣として光源氏は多くの成果を挙げたのである。のみならず三十三歳の年、梅壺女御の立后にも成功した。中宮となった彼女は、以前源氏が春秋の情趣を話題にしたとき秋が好きと言ったことから、秋好《あきこのむ》中宮と呼ばれている。こうして後宮にも磐石の体制を確立した源氏は内大臣から太政大臣に昇進して、位人臣を極めた。源氏の後の内大臣には権中納言(旧頭中将)が就任し、源氏は政治の実務は内大臣にゆだねた。

では、光源氏が太政大臣になったことにはどのような意味があるのだろうか。そもそも太政大臣とはどのような官職なのか。ここで見ておきたい。

太政大臣が左大臣や右大臣などと違う点は、地位に伴う特定の職掌がなく、適任者がいなければ置かない「則闕《そつけつ》の官」であることである。『職員令《しきいんりよう》』は官庁の官名、定員、職掌などを規定したものだが、太政大臣について次のようにある。

太政大臣一人
右は一人《いちにん》に師とし範として、四海に儀形《ぎぎよう》たり。邦《くに》を経《おさ》め道を論《ろん》し、陰陽を燮《やわ》らげ理《おさ》めむ。
其の人無くは闕《か》けよ。

この条文の解釈を『令 集解《りようのしゆうげ》』という令の条文の注釈書によってまとめてみると、概略次のようになる。太政大臣は智徳兼備の人格者として、天皇の師範となり、世界の法となる存在である。その智はあらゆることに通暁し、徳は天地の法則に合致する。そうした智と徳とによって太政大臣は国を治め道を明らかにし、天地自然の運行をやわらげおさめる。そのような存在であるがゆえに、適格適任の人がいないときは、太政大臣は置かない。

太政大臣とはそのような地位であった。左右大臣にはこういう人格に関わる規定はなく、職掌が規定されるだけである。逆に太政大臣には職掌の規定がない。このことから従来は、太政大臣は地位のみの官で実権がないと考えられてきた。しかし橋本義彦は、奈良・平安初期の明法家《みょうぼうか》の解釈を検討して、単純に職掌のない名誉官であると規定するのは誤りであり、「師範訓道と万機総摂の二面をもっていた」(『平安貴族』)と結論している。

源氏は通常の政治は内大臣に任せて、自分は前面に出ることを極力控えたが、しかし、冷泉朝の政治の流れは「師範訓道と万機総摂」という立場や権限によってはっきりと仕切っていたと考えてよい。

光源氏はそういう地位に就いた。光源氏は太政大臣の理念を体現する人物として造型され、そういう光源氏の指導のもとに冷泉朝は理想的な時代を実現する。物語はそのように光源氏の太政大臣を意味づけていたと見てよい。

第五章
六条院の栄華と恋

「衣配り」(玉鬘)．年の暮れに，女君たちに贈る衣装を選ぶ源氏．源氏の左が紫の上(京都国立博物館蔵，土佐光吉筆『源氏物語画帖』より)

〈物語の概要〉

源氏三十五歳の秋、六条院が完成して紫の上・花散里・明石の君が入居した。源氏は昔の夕顔の遺児のことを気に掛けていたが、夕顔の乳母子で今は源氏に仕える右近が長谷寺でその娘玉鬘と出会い、源氏は彼女を養女にした。玉鬘は十六年ほど九州にさすらっていたのである。世間には実子と紹介したので、蛍宮や鬚黒大将などが求婚してきた。しかし、源氏じしんが求愛するようになり、玉鬘は困惑する。紆余曲折ののち玉鬘は一番嫌っていた鬚黒大将と結婚する。鬚黒は玉鬘をひたすら愛し、北の方とは離婚したので、北の方の実家の式部卿宮家では、これが玉鬘の養父の源氏と紫の上の仕組んだことだと恨んだ。源氏三十九歳の年、明石姫君が東宮に入内し、夕霧も雲居の雁と結婚し、源氏は準太上天皇に、内大臣は太政大臣になった。その年の冬には冷泉帝と朱雀院がそろって六条院に行幸した。光源氏の栄華はきわまった。

（少女・玉鬘・初音・胡蝶・蛍・常夏・篝火・野分・行幸・藤袴・真木柱・梅枝・藤裏葉）

1　六条院の造営

四季を配する大邸宅

太政大臣となった光源氏が造営した邸宅が六条院である。以後ここが源氏の生涯の本邸となる。前年の秋に着工して完成まで一年を要したが、邸宅の規模からすると夜を日に継ぐ突貫工事だったろうと思われる。この四年前に完成した二条東院が二年半を要したが、六条院はその四倍の規模であったからである。

平安時代の貴族の通常の邸宅は一町と決められていた。一町は約一二〇メートル四方である。六条院は四町からなり、その四町に四季を配する四方四季御殿という独特の構造であった。すなわち東南の町を春の町として、春を楽しむ庭園を作り、ここが源氏と紫の上との住居となる。東北の町は夏の風情を楽しむ町として作り、花散里と夕霧が暮らす。西南の町は秋の町で秋の自然を満喫できるように作ったが、ここは元来六条御息所の邸であったから、秋好中宮の住まいである。西北の町は冬の町で冬を鑑賞する造作とし、同時に稲倉や財宝を収蔵する倉のある倉町とした。明石の君と母の尼君が住んだ。これまで源氏の夫人たちは二条院に紫の上、二条

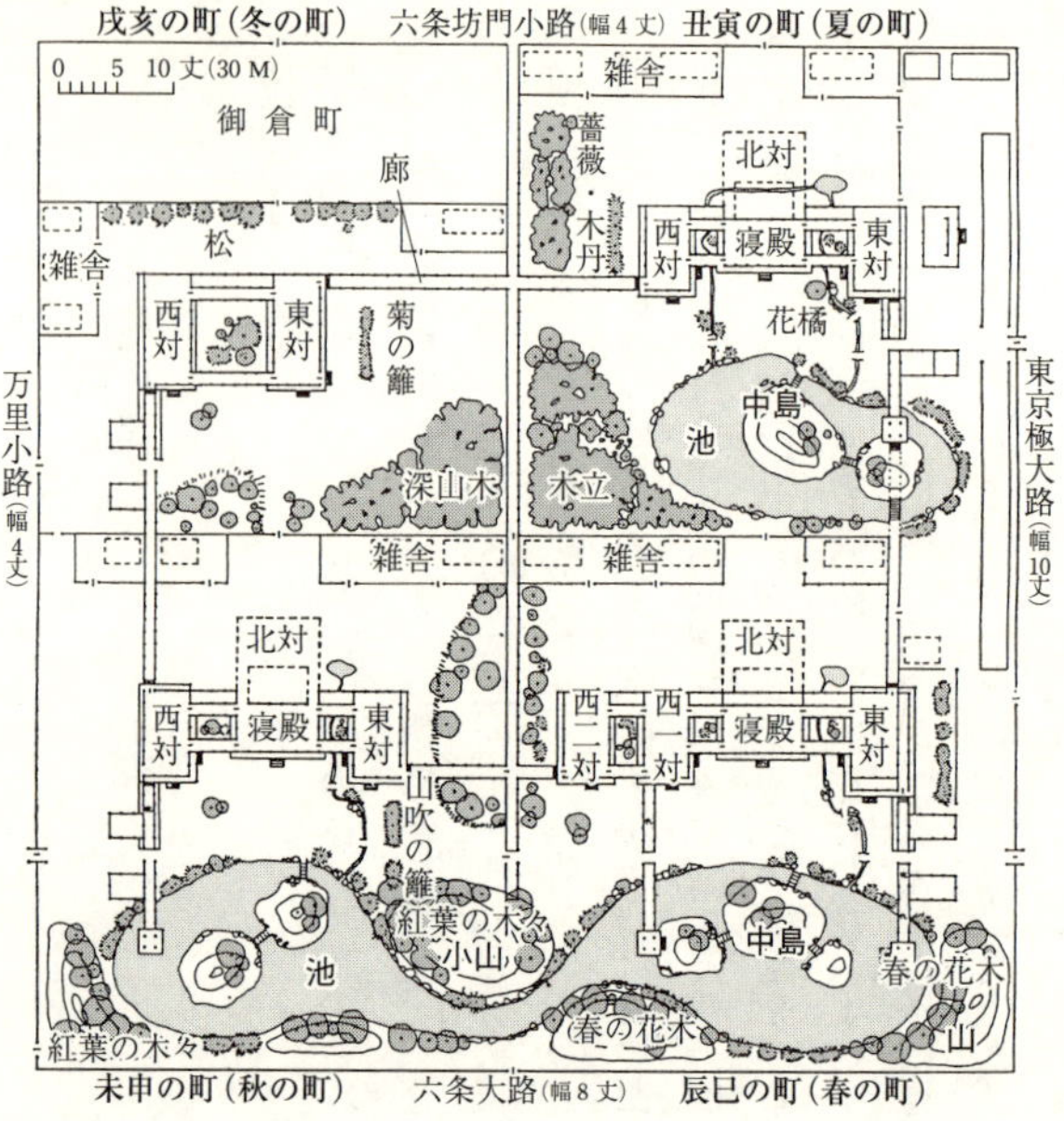

六条院想定平面図(池浩三『源氏物語――その住まいの世界』中央公論美術出版，1989年より．原図を若干簡略化した)

東院に花散里、大堰に明石の君が別々に暮らしていたが、彼女たちがそろって六条院に入り、末摘花や空蟬が二条東院に残り、二条院はこの後しばらく住人不在となる。六条院は太政大臣光源氏の権勢と地位を象徴するにふさわしい邸宅であった。

四方四季御殿の意味

六条院が四方四季御殿であったことにはどのような意味があったのだろうか。四方四季御殿そのものは源氏物語以前では『宇津保《うつほ》物語』に例があり、中世小説では竜宮の御殿として語られる。不老長生の神話的世界の御殿である。六条院もそのような不老長生の願いをこめた邸宅であり、この世の理想郷として観念された。

六条院ではじめて迎えた正月の春の町は「生ける仏の御国」(初音)と極楽浄土に見立てられ、春の宴遊の折りには、「亀の上の山もたづねじ舟のうちに老いせぬ名をばここに残さむ」(胡蝶)と女房は詠んだ。昔秦の始皇帝は亀の背に載るという蓬萊山《ほうらいさん》に不老不死の薬をもとめて船出をさせたが、私たちにはその必要もない、この春の町の池の舟に乗る私たちは老いることもないという評判を残しましょう。六条院は不老不死の仙境とされたのだった。

それにとどまらず四方四季御殿が太政大臣の邸とされたことには、それによって太政大臣の理念を表象するという意味があった。四方四季御殿の構造が『職員令』にいう太政大臣の「陰陽を燮《やわ》らげ理《おさ》む」という理念と照応するからである。その意味で太政大臣の邸宅としてふさわしかったのである。これは源氏物語の創見である。

太政大臣の「陰陽を燮らげ理む」について、『令集解』は「此の人の徳行、天地に通感す。風五日吹て、枝を折らず。雨十日落《ふ》りて、塊《つちくれ》を悴かず。これ所謂《いわゆる》賢人君子、言行は法則と為すべし」と注釈する。太政大臣はその徳行が天地を感応させて、自然をも五風十雨《ごふうじゅうう》と穏やかにめぐるようにし、泰平の世を導くとされた。六条院の新春の風景はそのような象徴的な意味をもっていたと考えてよい。

年たちかへる朝《あした》の空のけしき、なごりなく曇らぬうららかげさには、数ならぬ垣根の内だに、雪間の草若やかに色づきはじめ、いつしかとけしきだつ霞に、木の芽もうちけぶり、おのづから人の心ものびらかにぞ見ゆるかし。ましていとど玉を敷ける御前の、庭よりはじめ見どころ多く、磨きましたまへる御方々のありさま、まねびたてむも言の葉足るまじくなむ。　（初音）

六条院が完成してはじめて迎えた、新春の風景であるが、この一節に中世の源氏注釈書『岷《みん》江入楚《ごうにつそ》』（巻廿三）は、この段は「天地人の三才」の調和が語られていると説き、「朝の空のけしき」云々が「天」、「数ならぬ垣根の内」云々が「地」、「おのづから人の心も」というのが「人」の表現であると注釈した。天地人の三才とは天地の自然と人間の営みとが調和した泰平の世を意味する。そうした泰平の世は太政大臣光源氏の徳行によるのである。六条院は単に広壮な贅美を尽くした邸宅であったのではなく、そのような太政大臣の理念を表象する空間であった。物語はそのように語っていると見てよい。

しかし、光源氏が理想的な為政者として世間から称賛されればされるほど、彼は内面に抱える情念との矛盾に悩むことになる。若い頃のように情熱にまかせて行動することは今や不可能なのである。源氏はみずからが作り上げた世界を維持するため奉仕しなければならない。彼の情念や情熱はその世界の掟と衝突し葛藤する。玉鬘の物語はそのような源氏の内なる世界を精妙に語っていく。

2　玉鬘の物語

玉鬘の登場

光源氏は十七歳の時に某院《なにがしのいん》で急死した夕顔を忘れたことがなかった。その夕顔の遺児の玉鬘《たまかずら》と呼ばれるヒロインの数奇な人生を語るのが玉鬘十帖《じゅうじょう》と呼ばれる巻々の物語である。玉鬘、初音《はつね》、胡蝶《こちょう》、蛍《ほたる》、常夏《とこなつ》、篝火《かがりび》、野分《のわき》、行幸《みゆき》、藤袴《ふじばかま》、真木柱《まきばしら》の十巻から成る。なぜこの時点で玉鬘が登場するのか、玉鬘が物語に不可欠とされた理由を考えながら述べていきたい。

玉鬘は夕顔と頭中将(現内大臣)との子である。夕顔が亡くなったとき、源氏はその子どもを引き取ることを考えたが、結局それはなしえずに終わった。玉鬘巻はその後玉鬘がどうなったのかというところから語り起こす。

母夕顔の生死もわからぬままに、玉鬘は四歳のときに乳母の夫が大宰少弐《しょうに》(大宰府の次官)になったので、乳母一家につれられて九州に下った。少弐は任地で亡くなって一家は九州に住み着き、乳母の子どもたちもその土地で結婚した。玉鬘が二十歳になったころ、土地の豪族の大夫監《たいふのげん》という者が玉鬘の美貌のうわさを聞きつけて熱心に求婚してきた。玉鬘は大夫監から逃れるために、乳母一家の献身的な奉仕によって上京し、ぐうぜん源氏に引き取られてその養女となる。源氏は玉鬘を好餌として貴公子たちの求婚ぶりを見て楽しもうと計画した。源氏はあたかも求婚劇の演出家のごとく振る舞おうとする。

長谷寺の霊験譚

なぜ玉鬘は源氏の養女になったのか、その経緯は長谷寺の霊験譚として語られる。夕顔の侍女の右近は夕顔の死後、源氏に仕えてきたが、玉鬘の行方を知りたいと長年長谷寺に祈願を続けていた。上京した玉鬘が乳母たちと長谷寺に参詣に出かけたとき、ぐうぜん右近も来合わせて、門前町椿市《つばいち》の宿で彼らは再会した。いかにも作り話めいているが、これは長谷観音の霊験譚が取りいれられているためと見ることができる。『住吉物語』でも男君《おとこぎみ》が行方不明になった継子の姫君の行方を知りたいと長谷寺に参籠し、七日目に観音のお告げがあって再会することになっている。また、霊験譚は継子物語の一部でもある。玉鬘と右近との出会いも同様の話型によるものとみなすことができる。

玉鬘を発見した右近は源氏に対して、玉鬘を引き取って世話をすることが夕顔に対する罪滅ぼしになると話した。それは源氏にしても同じ思いであった。不慮の死を遂げた夕顔の鎮魂は源氏の懸案となっていた。現世に懸念や恨みを残して死んだ亡者のためには、恨みや懸念を解消してやることが生きている者のつとめとされた。玉鬘の幸福と繁栄をはかってやることが夕顔の鎮魂になるのである。玉鬘を養女として世話をすることにした源氏は右近に、「すき者どもの心尽くさするくさはひにて、いといたうもてなさむ(風流好みの若者たちに思いきり気をもませる種として、玉鬘を大事に扱うことにしよう)」(玉鬘)と話した。

だが、この源氏の発言は何か異様ではないだろうか。紫の上にも源氏は同じように話したが、そのとき紫の上は男の気持ちを煽るようなことをまっさきに考えるとは妙な親心だ、「けしからず」(玉鬘)と批判した。源氏の考え方は常識的ではなかった。なぜ源氏はそのようなことを考えたのだろうか。

源氏は玉鬘によって六条院を人々の注目の的にしようと考えた。六条院に世間の耳目を集めることは六条院を世界の中心にしようとすることである。玉鬘に言い寄る男たちがどのような振る舞いをするか、その様子を見届けてやろうというのは、比喩的に言えば、源氏は世界の中心に君臨して、源氏の一つの仕掛けによって世界がどのように動くかを見届けようということである。世界の中心は天皇であるが、「帝王の相」を持ちながら天皇になれなかった源氏の、これは代償行為であったとは考えられないだろうか。源氏の考え方にはそうした深層の動機が存したのではないかと思われる。

前例のない恋のはじまり

源氏は玉鬘のことを実父内大臣には知らせずに、六条院の夏の町に住まわせて、花散里に養育を依頼した。紫の上以外の者には実の娘として紹介し、花散里にも真実を告げず、玉鬘に対して「いみじく親めきて」(玉鬘)振る舞ったが、源氏は父親のように振る舞ううちに、いつしか玉鬘を恋するようになる。前例のない恋物語のはじまりである。

玉鬘を六条院に迎えてから半年ほど経った三月下旬、春の町では舟楽《ふながく》の遊びが盛大に行われ、その翌日には秋の町で秋好中宮の季の御読経(百僧を招いて大般若経を講じる法会)が行われた。多くの上達部《かんだちめ》や殿上人、親王たちが参集したが、玉鬘のことを聞き知った貴公子たちが競って恋文を届けるようになる。源氏は思惑どおりの進展に満足し、手紙を披見してはそれぞれの人柄を批評し、源氏の弟の蛍宮《ほたるのみや》と有力な貴族の鬚黒《ひげくろ》大将の二人には返事を出すように指示した。そうしながら実は源氏じしんが玉鬘への恋心を募らせていた。

紫の上は源氏が玉鬘に夢中になったらしいことを察知して、自分はこれまで源氏の浮気のためにつらい思いをしてきたと釘をさす。源氏はただの邪推だと言い逃れるが、言葉とは裏腹に、ある晩女房の目を盗んで玉鬘に添い臥して思いの丈を訴えた。世間には実の親子であると言いながら恋人として言い寄る源氏に、玉鬘は困惑し不快になり、源氏をいとわしく思う。

光源氏の物語論

玉鬘はそういう源氏から逃れたくて、蛍宮が熱心に求愛してくると、返事をすることもあった。それを見透かしたように、源氏は蛍宮が訪ねて来た晩、宮を玉鬘の部屋の前に導くと、隠して置いたたくさんの蛍を室内に放って玉鬘の姿を宮に見せた。この場面の主役の男君であることから、この宮を蛍宮と呼ぶ。宮が夢中になったのはいうまでもない。

五月雨の降り続くころ、源氏は物語に熱中する玉鬘を相手に物語について長広舌をふるった。物語と歴史との違い、物語の来歴や性格、物語は独自な方法による虚構世界であることなどが述べられた。源氏の議論ではあるが、作者紫式部の物語論と考えてよい。源氏物語の方法を理解する上でも有益であるが、文学論としても虚構の方法やその意味を論じたものとして卓越した議論である。こうした議論をしながら玉鬘を口説きにかかる。

昔の物語にも自分のように心を尽くして世話をしながら思いを遂げられない愚かな男の話や、玉鬘のように冷淡でとぼけた人の話はない、自分たちのことを世にも珍しい物語に仕立てて広めようと源氏は言い、昔の物語をさがしても親の意向に背く子の例はない、あなたは親不孝だと歌に詠む。冗談にまぎらわした口説きである。これに対して玉鬘は源氏のような親心の物語はどこをさがしてもないと言い返す。

まさに源氏と玉鬘の関係はこれまでの物語には例のない物語として書かれているのである。そういう二人の関係について語り手は、これからどうなっていくのでしょうかと気を持たせた言い方をするが、これは先例のない物語に挑む作者の並々ならぬ意欲を韜晦《とうかい》した言葉である。

源氏は玉鬘の処遇について真剣に考えるようになった。玉鬘を実父内大臣に知らせた上で、正式に結婚することができるかどうか。これは源氏が内大臣の婿になることであり、また玉鬘を紫の上と同等に待遇することでもあった。内大臣から婿扱いされることは源氏の沽券《こけん》に関わったし、玉鬘のために紫の上の地位を脅かすことはできない。とすれば、玉鬘は蛍宮などの正夫人になるのが幸せだということになる。それが常識であり道理であった。

しかし、源氏は玉鬘を諦められなかった。そこで考えたのが六条院に玉鬘を住まわせたまま、蛍宮か鬚黒大将を婿として通わせ、ひそかに逢瀬を持つということであった。未婚のうちは説得も面倒で気の毒だが、結婚すれば男女の情もわかり、いたわしく思うこともなくなり、人目が多くても妨げにはなるまいと思う。光源氏の好色心の面目躍如といったところである。

玉鬘の心の動き

玉鬘は源氏の恋に困惑しながら、源氏の企みは知らないので、源氏が一線を越えず自制していることに心を許して、いつしか源氏を思慕するようになった。源氏に心を引かれない女はいないのである。彼女は親のもとで源氏を婿として迎える結婚が可能であればと考えたが、それが源氏と内大臣との対抗的な関係から不可能であるとわかってからも、源氏を理想の恋人のように思うようになっていた。琴を教えると言って訪ねる源氏と、琴を枕にして一緒に添い臥すとか、野分(台風)の翌朝、夕霧がのぞき見して仰天した二人の抱擁など、玉鬘が源氏への警戒心を解いたからだという以上に、源氏を思慕するようになっていたからだと理解してよい。

源氏が玉鬘を冷泉帝に尚侍《ないしのかみ》として出仕させようと考えるようになったのは、彼女のそういう心の変化を察したからである。その年の十二月、源氏は冷泉帝の大原野行幸を玉鬘に見物させた。帝の荘厳な美しさに目を奪われた玉鬘にとっては、供奉《ぐぶ》する父内大臣や蛍宮はまったく見栄えがせず、色が黒くひげ面の鬚黒大将には嫌悪しか覚えなかった。ただ源氏の顔だけは帝と別物とも見えなかった。この時から彼女は秋好中宮や弘徽殿女御に遠慮しながらも、出仕する気になった。それは源氏に言わせれば、冷泉帝を見て宮仕えをしたいと思わない若い女はいないということであるが、玉鬘の場合は源氏にそっくりの冷泉帝に仕えることは、源氏への思慕の代償行為という意味があったと考えてよい。これは玉鬘の第二の恋である。しかし、この時も源氏は、実は尚侍として出仕させた後、密会の機会を持とうと企んでいた。

源氏と内大臣の確執

玉鬘を尚侍にしようとすると、玉鬘の素姓を明らかにしなければならない。源氏は玉鬘の裳着《もぎ》(裳を着ける儀式。女子の成人式)を行うのに合わせて実父内大臣に腰結い(裳着の式の時、腰のひもを結ぶ役)を務めてもらい、父娘の対面をはたそうと計画した。源氏からの腰結いの依頼に対して、事情を知らない内大臣は母大宮の病気を理由に断った。そこで源氏は大宮を見舞い、内大臣の娘である玉鬘を世話していることを話し、内大臣への取り次ぎを頼む。大宮は驚き、内大臣に急用の旨を告げて呼びよせ、源氏と内大臣は久しぶりに対面した。

若い時代から親友であった二人が対面するのに大宮に仲介してもらうというのは、実は二人の間にはいくつも対立的な問題が生じていたからである。内大臣は娘の弘徽殿女御が立后で秋好中宮に敗れ、雲居の雁を東宮にと思ったときには、夕霧と恋仲になっており、何かと源氏方に先を越されて臍《ほぞ》をかんでいた。夕霧と雲居の雁の恋を妨害したのもその腹いせである。それだけでなく源氏が玉鬘をもてはやして世の評判になっているので、内大臣も負けじと若い頃の落胤である娘(実は玉鬘)をさがそうとして、近江の君という別の娘を引き取るはめになった。

近江の君は教養のない乳母に育てられて、その言動のすべてが上流貴族の規範から逸脱していた。とてつもない早口で双六が好きで思ったことは何でも口にして、便器の掃除役でもすると言うかと思うと、尚侍にしてほしいと言い、夕霧に恋歌を詠みかける。内大臣も扱いかねて嘲弄したりするが、その噂を聞いた源氏は内大臣の息子たちを相手に内大臣をあからさまに非難した。そうした対抗意識や対立的な問題が源氏と内大臣のあいだには生まれていた。

内大臣、源氏の企みを見抜く

源氏から玉鬘の話を聞いた内大臣は驚き、裳着の腰結いを承諾した。年が改まって源氏三十七歳の二月、玉鬘の裳着が行われ、晴れて父と娘が対面した。十七年ぶりのことである。だが、内大臣は落ち着いて考えると釈然としないことが多く、彼は源氏の計画に企みがあると推測した。内大臣は玉鬘が尚侍になり、弘徽殿女御と帝の寵愛を争うようなことになっては不都合だと考えたが、それだけでなく、源氏は玉鬘を愛人にしたものの、紫の上の手前正式に妻にできないので、宮仕えに出して密会しようと目論んでいるのではないかと推測し、それを周囲に漏らした。内大臣は父娘の対面はしたものの、玉鬘の処遇は源氏にまかせるしかないと言い、父親として責任を持って世話しようとはしなかった。

この内大臣の推測を夕霧がそのまま源氏に投げつけた。夕霧も玉鬘が実は他人であったと聞かされてからは、野分の朝の抱擁を思い出して、父源氏に不信感を抱いていた。源氏は根も葉もないことと一蹴しながら、心底を見透かされたと思う。もはや宮仕えに出して密会しようという企みは断念するしかない。玉鬘の出仕や結婚は内大臣が父娘の対面をした以上、自分の一存で決めるわけにはいかないと源氏は言う。玉鬘は自分の立場が宙ぶらりんで、誰からも責任をもった後見を期待できないことを悟る。

玉鬘、鬚黒大将と結ばれる

玉鬘の尚侍としての出仕は十月と決まった。そのことを知った鬚黒大将と蛍宮は玉鬘の宮仕え前に結婚にこぎ着けようと熱心に求婚した。玉鬘の気持ちは蛍宮にかたむいていた。玉鬘が思いを寄せた相手は光源氏、冷泉帝、蛍宮であり、彼女は源氏のゆかりを恋したのである。ところが、玉鬘は毛嫌いしていた鬚黒大将と結ばれた。どうして鬚黒との結婚になったのか、その経緯は語られないが、鬚黒は内大臣の支持を取り付けて、その意向を体した女房が手引きをしたのであろう。玉鬘は愁嘆し、源氏も残念がった。冷泉帝も残念に思った。

玉鬘は鬚黒に対して露骨に冷淡な態度をとったが、彼はまったく意に介さず、一人悦に入っていた。玉鬘と源氏との仲を疑ったが、その疑いも晴れたからである。

一方、鬚黒の家庭では北の方が物の怪のために正気をなくすことがあり、鬚黒が玉鬘を訪ねる支度をしていたとき、突然物の怪に取りつかれて火取り(香炉)の灰を浴びせかける事件が起こった。北の方は鬚黒との間に三人の子どもがいたが、この事件が原因で娘(真木柱)を連れて父式部卿宮(旧兵部卿宮、紫の上の実父)の実家に呼びもどされる。二人の男子は鬚黒のもとに残した。こうした離婚騒動がかさなり、玉鬘の憂鬱は晴れなかった。

玉鬘が継子物語の女君《おんなぎみ》の属性をもっていることは前にも触れたが、継子物語では女君の結婚は幸福なものときまっていた。玉鬘の結婚が嫌いな男とのそれであり、さらに夫の家庭騒動にまきこまれるというのは、継子物語の幸福な結婚の結末を悲喜劇の物語に作り直したのである。

流離の境遇を嘆く玉鬘

玉鬘は三歳で母夕顔と死別し、乳母に連れられて九州に下り、上京して源氏の養女になり鬚黒大将と結婚したが、それはさすらいの人生というにふさわしかった。彼女がはじめて詠んだ歌はさすらいの境遇を嘆く歌であった。

行く先も見えぬ波路に舟出して風にまかする身こそ浮きたれ　（玉鬘）

九州を脱出するときの歌である。行く先も見えない風まかせの航海の不安と心細さを歌うものだが、同時に将来のあてもない身の上の頼りなさを嘆くのである。玉鬘の母夕顔は源氏に名前を聞かれたときに、「海人《あま》の子なれば」と、賤しい身分の私には定まった宿もないと答えたが、玉鬘の「風にまかする身こそ浮きたれ」というのは、夕顔のことばと響きあって、さすらいの境遇を嘆く歌になっている。玉鬘は長谷寺参詣のとき、「いかなる罪深き身にて、かかる世にさすらふらむ」(玉鬘)と嘆いた。わが身にはどんな前世の深い罪障があってこのようにさすらうのであろうかと。彼女は母と同様にさすらいを運命づけられていたのである。

玉鬘のさすらいは空間的な流離だけでなく、心の流離でもある。源氏、冷泉帝、蛍宮という思慕する相手とは結ばれず、嫌いな男との結婚であったから、結婚は終わりのない心の流離を意味していた。鬚黒との結婚後、源氏に対して次のような歌を詠む。

みつせ川わたらぬさきにいかでなほ涙のみをの泡と消えなむ　(真木柱)

上の句は、女は冥土の三途の川を渡るとき、はじめて逢った男に背負われて渡るという俗信を踏まえる。源氏が玉鬘の鬚黒との結婚を残念がり、自分が玉鬘を背負って三途の川を渡りたかったと詠んだのに答えた歌である。三途の川をわたらぬさきに涙の川の流れに浮かぶ泡のように消えてしまいたいとは、鬚黒との結婚をご破算にして死んでしまいたいというのである。この歌は「みつせ川」「涙」「みを」「泡」「消え」と「川」の縁語と掛詞《かけことば》によって、流離と死のイメージを形成する。鬚黒との結婚生活に何の期待もなく、悔恨のうちに生きるような人生しか予期していない歌である。結婚のはじめにこのような捨て鉢な歌を詠むしかなかったとすれば、玉鬘に救いはない。「いかなる罪深き身にて」という玉鬘の嘆きは深かった。

とはいえ、鬚黒大将は東宮の伯父であり、次代の外戚として関白になる将来性のある有力な政治家であったから、世間的には順当な婚姻であった。玉鬘が耐えがたく思ったのは、鬚黒が無風流で細やかな配慮のない、帝の意向にも従わない直情径行な人物であったこと、つまり光源氏と正反対の人物であったことによる。しかし、そういう鬚黒の行動力が玉鬘を六条院から自邸に連れ去ったのであり、鬚黒邸の家庭騒動に彼女を巻き込みながら、玉鬘の物語は終結する。結婚が悔恨ではじまる玉鬘の人生は次の若菜上巻以降の物語の序曲になっていた。

3　光源氏の栄華と「帝王の相」

光源氏家の慶事

玉鬘の愁嘆とは関わりなく、六条院は栄華の頂点に向かっていた。梅枝、藤裏葉の両巻には光源氏三十九歳の一年の慶事が語られる。源氏は正月から明石姫君の裳着と東宮への入内をひかえて、薫物《たきもの》を調合したり、草子作りにいそしんだ。薫物も草子も源氏が率先して、紫の上ほかの夫人たちをも動員して準備し、その出来栄えを当代きっての風流人である蛍宮に批評させた。姫君の裳着は秋好中宮が腰結いを行い、四月に姫君は東宮に入内した。姫君は十一歳である。冷泉帝の次の時代においても光源氏家の繁栄の基盤はしっかりと準備されたのである。

明石姫君の入内に並行して、夕霧と雲居の雁との結婚も実現に向かった。長年二人の仲を妨害してきた内大臣がとうとう折れて、内大臣家の藤花の宴に夕霧を招待して結婚を許したのである。少女《おとめ》巻で仲を裂かれて以来、六年目にして二人は晴れて結ばれた。夕霧十八歳、雲居の雁二十歳であった。

姫君の入内には紫の上が付き添い、三日の婚儀が終わって退出する紫の上は女御に準じて輦車《てぐるま》を許された。紫の上は自分の実子の入内であったならばとひそかに残念に思った。この後姫君の宮中生活には紫の上に代わって実母の明石の君が奉仕することになり、彼女は源氏と紫の上の取り計らいに感謝しつつ、紫の上と比べてわが分際を口惜しく思う一方で、姫君の身辺に奉仕できることを住吉神のご加護と思った。

その年の秋には光源氏は「太上天皇《だいじようてんのう》になずらふ御位《みくらい》」(藤裏葉)を得た。太上天皇は上皇のことであり、準太上天皇となって源氏は臣下の身分を脱した。臣下から準太上天皇になるという例は史実にはない。これ以後源氏の呼称は原則として院号に変わる。

宿曜の予言

さて、話は少し前後するが、澪標巻で冷泉帝の即位に引き続いて、明石の君に姫君が生まれたとき、源氏は宿曜《すくよう》の予言を思い起こした。宿曜は占星術であるが、それによれば源氏には天皇と皇后と太政大臣になる三人の子が生まれるというのであった。いつそういう予言があったのか明らかではないが、これは光源氏にとっては三つ目の予言である。最初の予言は七歳の時に高麗《こま》の相人《そうにん》から「帝王の相」(桐壺)があると占われ、十八歳の時には天皇の父になるという夢占い(若紫)があった。宿曜の占いは源氏の子孫の繁栄を予言するが、源氏は自分の人生が予言の実現していく人生であると確信するようになった。

その根拠は世間には秘密であるが、実は源氏の子である冷泉帝が即位したからである。これは夢占いと宿曜の予言が的中したことにほかならない。この時源氏はこの三つの予言の関わり、すなわち自分に「帝王の相」があると予言されたことと、実際に天皇の父になったこととの関わりについて考えた。

考えた末の結論は、「帝王の相」の予言とは、自分が天皇になるということではなく、天皇の父になることだったという了解であった。父桐壺院が自分を臣下にしたことを考えると、自分は天皇になる運命にはなかったのだが、冷泉帝の父になったことで予言は成就したのであり、それが自分の「帝王の相」の真意であったと納得する。

読者も源氏とともにそのように理解してよい。源氏の「帝王の相」は本人の即位を意味してはいなかった。天皇の父として実質的に実現される王権であった。これがプロローグで触れた桐壺巻に発する第三の謎であった「帝王の相」の謎解きである。

「帝王の相」とは何か

いったい光源氏の「帝王の相」とは何であったのか。物語をふりかえって見ると、光源氏は生まれたときから、「きよらなる玉の男御子《おのこ》」とか「光る君」(桐壺)というように、玉や光の比喩でその美しさや理想性を語られたのをはじめとして、随所に超人的な資質を称賛されていた。特に藤壺との密通事件の前後に顕著である。

例を挙げると、源氏が北山に瘧病《わらわやみ》の治療に行き、病気がなおって帰京する時、源氏との別れを惜しんで、北山の僧都は次のような歌を詠んだ。

優曇華《うどんげ》の花待ちえたる心地して深山桜に目こそうつらね　(若紫)

優曇華の花とは仏典で説かれた三千年に一度咲く花で、その花が咲くときには転輪聖王《てんりんじょうおう》という理想の聖帝が現れるという。僧都は光源氏を転輪聖王になぞらえ、そのような源氏に会えたことをよろこび、聖徳太子伝来の数珠を献上した。

そこに、左大臣家の頭中将たちが迎えに来て、再び源氏をかこんで宴になるが、そのとき頭中将の弟が「葛城《かつらぎ》」という催馬楽《さいばら》を歌う。それは『続日本紀』(光仁即位前紀)には光仁天皇の即位の予兆として歌われた童謡《わざうた》として引かれる歌で、「豊浦《とゆら》の寺の西なるや、榎の葉井に白璧《しらたま》しづくや……しかしてば、国ぞ栄えむや、我家らぞ富みせむや」というもの。光仁天皇が即位すれば、国が栄え我が家も栄えるという内容の歌である。童謡といっても子どもの歌という意味ではなく、政治的な混迷の時期に流行した諷刺の歌謡をいう。「白璧」を源氏の隠喩ととれば、あたかも光源氏の即位を待望するかのような意味になる。それは左大臣家の繁栄にもなると。

また、桐壺帝が父の一院《いちのいん》の賀宴のための試楽《しがく》(当日のリハーサル)を清涼殿で行った時、源氏の舞姿の美しさはいうまでもなく、漢詩を吟誦する声は「仏の御迦陵頻伽《かりょうびんが》の声」(紅葉賀)のように聞こえたと語られる。迦陵頻伽は極楽浄土にいる美声の鳥で、その声は阿弥陀如来の説法の妙音にたとえられる。源氏はここでは阿弥陀如来に比定されている。

光源氏はそのようにすべてに超人的に秀でた資質や能力を備えていたが、そうした理想性が帝位にふさわしかったのである。それが彼の「帝王の相」であり、桐壺帝が源氏を即位させたいと願った理由もそこにあった。

準太上天皇光源氏

その「帝王の相」の最終的な到達点が準太上天皇である。冷泉帝は本当は源氏に譲位したかったので、それでも内心不満であった。これは実の父が臣下であることを心苦しく思う冷泉帝の孝心である。

この準太上天皇について、『河海抄』は『史記』の漢の高祖が父太公を「太上皇」と尊称した例を挙げる。それは高祖の父に対する孝心であった。冷泉帝はこれに倣ったのである。むろん表向きの理由は太政大臣光源氏の「人柄のかしこきにことよせて」(薄雲)ということであり、孝心を理由にすることはできない。源氏の太政大臣の後任には、内大臣(旧頭中将)が就任した。彼も源氏と競い合いながら、光源氏に次ぐ権門に上りつめたのである。

その年の十月、冷泉帝と朱雀院がそろって光源氏の六条院に行幸し、紅葉の宴があった。光源氏は栄華の頂点に登りつめていた。新太政大臣は源氏を称賛して次のような歌を詠んだ。

紫の雲にまがへる菊の花にごりなき世の星かとぞ見る　(藤裏葉)

「紫の雲」は聖代に現れる瑞雲であり、冷泉帝をたとえ、「菊の花」「星」が光源氏の比喩である。紫雲と見まごう菊の花は濁りなき聖代の星かと見えます。帝と並べて光源氏を聖代の星というのである。冷泉帝の聖代は準太上天皇光源氏が帝とともに作り上げたのである。年が明ければ光源氏は四十歳、世間では朝廷をはじめ源氏の四十賀《しじゅうのが》の準備にかかっていた。

第六章
暗転する光源氏の世界

六条院での蹴鞠(若菜上)．唐猫のひもに絡まって御簾が開き，右側に立つ女三の宮の姿が庭の柏木たちに見られる(京都国立博物館蔵，土佐光吉筆『源氏物語画帖』より)

〈物語の概要〉

朱雀院は六条院への御幸の後、病気が重くなって出家を決意し、後見のいない女三の宮のために光源氏を婿に選んだ。源氏は四十歳になった。正月に玉鬘が四十賀を祝い、二月には女三の宮が六条院に輿入れした。紫の上は源氏に献身的に協力するが、源氏は女三の宮を迎えたことを後悔する。女三の宮の結婚を機に朱雀院が西山の寺に移ると、源氏は朧月夜と再会し、これを知った紫の上は源氏への不信を募らせる。冬には紫の上、秋好中宮、夕霧が次々と源氏の四十賀を祝った。翌年三月、明石女御は東宮の皇子を出産し、これを聞いた明石入道は手紙を送ってその悲願の内容が明らかにされた。それから五年後、冷泉帝が東宮に譲位し、新しい東宮には明石女御腹の皇子が立った。十月、源氏は明石女御、紫の上、明石の君などを連れて、住吉参詣を行う。翌年朱雀院の五十賀を祝うために源氏は女三の宮に琴を教え、その成果の披露をかねて六条院の女性たちによる女楽を催した。その直後に紫の上は発病し、源氏は看病につききりになる。

（若菜上・若菜下）

1　女三の宮の降嫁

第二部について

第二部の物語は光源氏と紫の上の苦渋の後半生と夕霧《ゆうぎり》、柏木《かしわぎ》という次の世代の物語を語る。若菜《わかな》上・若菜下・柏木・横笛《よこぶえ》・鈴虫《すずむし》・夕霧・御法《みのり》・幻《まぼろし》の八巻から成る。源氏物語の全体に占める分量はだいたい六分の一、その中で若菜上・下巻はともに第三部の浮舟《うきふね》巻に次ぐ長大な巻である。巻名の「若菜」は、上巻が光源氏の四十賀、下巻が朱雀院の五十賀を語るので、その長寿を祈って献上される若菜にちなむ。上下巻に二分されているのは一巻では長すぎたからであろうが、逆に言うとこの両巻は一巻仕立ての物語として捉えられる緊密な構成になっている。物語では、「若菜」という巻名のめでたさとは裏腹に苦悩する人々の人生が語られ、作者は、光源氏の栄華の先にある人生を見定めようとしている。

朱雀院、女三の宮の将来を苦慮する

第一部の物語は光源氏の栄華と栄光を語り納めたが、第二部の物語は時間的には断絶はない

ものの、朱雀院の病から語り始められる。藤裏葉巻で準太上天皇になった光源氏の祝宴に出席して以後、朱雀院は病が重くなって出家を決意した。だが、出家するに当たっては鍾愛の姫宮、女三の宮のことが悩みの種であった。女三の宮には朱雀院以外に頼りになる後見がいなかったからである。

女三の宮はここで初めて登場する人物であり、これまでその存在について触れられることはなかった。新しい人物を登場させる物語は新しい構想のもとに出発したと考えてよい。

女三の宮の母は藤壺女御という。桐壺帝の藤壺中宮の腹違いの妹で朱雀院にはその東宮時代に入内しており、皇后になってもよかった人であったが、弘徽殿大后が朧月夜を尚侍とし、朱雀帝も朧月夜を寵愛したので、藤壺女御はすっかり圧倒されてしまった。彼女は世の中を悲観し、わが身の不運を恨みながら亡くなった。朱雀院はそのような藤壺女御の無念への償いからも女三の宮を鍾愛した。

その女三の宮の将来を安心なものにしたいと考える朱雀院は東宮や乳母たちと相談したが、考えれば考えるほど女の人生は定めなく頼りなく不安定であり、高貴な身分の女であっても変わりないことに思い及び、心配は尽きない。「女は心よりほかに、あはあはしく人におとしめらるる宿世《すくせ》あるなん、いと口惜しく悲しき」、「かしこき筋と聞こゆれど、女はいと宿世定めがたくおはしますものなれば」(若菜上)という言葉が繰り返される。そうした朱雀院や乳母たちの言説は、岩波新日本古典文学大系本でいえば二十五頁に及ぶ。

これは「雨夜の品定」以来の物語の重要な主題であったと言ってよい。第二章で「雨夜の品定」は女の生き方を問いかける議論であると述べたが、女三の宮の結婚をめぐる言説はその問題に物語が正面から向かい合ったことを示している。

宮の降嫁を後悔する光源氏

朱雀院は、女三の宮にはその身分にふさわしい後顧の憂えのない結婚相手を決めたいと考えて、有力な候補者を評定した挙げ句、結局、昔源氏が紫の上を養育したように、女三の宮を後見してもらうのが安心だという結論に至る。

そのことを伝えられた源氏はその時には断ったが、女三の宮の母が藤壺中宮の妹で、器量も中宮に次いで優れているという評判だったことを思い出すと、女三の宮も並々ならぬ美貌であろうと心が動いた。源氏が女三の宮の降嫁を承諾した深層の理由はこれである。藤壺中宮の姪であることは紫の上と同じだが、女三の宮は朱雀院のもっとも鍾愛する内親王である点、紫の上の身分にまさっていた。源氏は紫の上にまさる藤壺中宮の「ゆかり」を期待したのである。源氏の藤壺への思慕は、紫の上との平安の日々にも依然深層に底流し続けていた。

こうして源氏が女三の宮と結婚したのは四十歳の二月、女御の入内に準じて公卿以下が輿入れの行列に供奉した。この年は源氏の四十賀の祝宴が玉鬘、紫の上、秋好中宮、夕霧によって一年を通して催され、六条院は表向きは慶事につつまれていた。世間では女三の宮の降嫁を、準太上天皇光源氏の身分にふさわしい妻が迎えられたと評価した。紫の上以下の夫人たちは、今の源氏の身分には見劣りすると見なされていたからである。

しかし、女三の宮を迎えた源氏は落胆した。宮は十四、五歳であったが、年齢のわりにひどく幼く、紫の上のような才気煥発なところもなかった。これならばむしろ紫の上に対抗して高飛車に出ることはあるまいと安堵しつつも、紫の上を悲しませることになったことを後悔した。六条院は暗鬱な世界に変わった。

2　紫の上の苦悩

継子姫紫の上

源氏から女三の宮の降嫁の話を聞いた紫の上は、これが二人の愛情から起こったことではなく、止めようのないことと、源氏の説明をすなおに受け止めた。藤壺の「ゆかり」への思慕という源氏の深層の動機を知るすべはなかった。彼女は取り乱して世間の物笑いになるようなことはすまいと考えた。ただ一つの憂鬱は継母にあたる式部卿宮(旧兵部卿宮)の大北の方がそれ見たことかと快哉を叫ぶだろうことであった。継母の大北の方は鬚黒大将が玉鬘と結婚し、前からの妻であった自分の娘が離婚されたのは紫の上の差し金だと邪推していたからである。

だが、それにしてもなぜここで継母のことが語られるのか。この挿話の意味は、紫の上が継子の姫君の流離の境遇にあるものとして改めて位置づけられたことにある。紫の上は継子の姫君として登場し、光源氏に見いだされて幸福な結婚をし、源氏の準太上天皇に見合うように、明石姫君の入内に際して女御に準じる待遇を与えられた。これは継子物語における継子の姫君の幸福の構図であり、ここでめでたしとなるはずだったが、継母のエピソードの挿入は、紫の上の継子姫としての属性を再確認することで、その幸福の構図の意味を問い直すのである。

女三の宮の降嫁による紫の上の苦悩は、ふたたび彼女が継子の姫君のさすらいの境遇を生きることを意味し、その流離意識の深化の軌跡を作者は問おうとしていたと理解してよい。流離の意識とは自己の帰属すべき世界を奪われた、寄る辺なき精神の彷徨であり、紫の上の苦悩の物語はそのような精神の救いのありかを尋ねようとする。

愛の頼みがたさ

女三の宮との婚儀は三日間続くが、これは当時の婚儀の通例である。源氏は女三の宮のもとに三日間通い続ける。紫の上は表面は平静に源氏に協力していたが、それとは裏腹に、源氏の妻としてこれまで築き上げた現実がこれまでどおりではなくなることへの居心地の悪さを、はっきりと自覚した。若い女三の宮が華やかに侮りがたい勢いで輿入れしてきたことに、いたたまれない気持ちになる。六条院での自分の立場や地位が変わっていくことに不安をつのらせた。

目に近く移れば変はる世の中を行く末遠くたのみけるかな　（若菜上）

目の当たりに変わっていく夫婦仲でしたのに、行く末長くとあてにしていたことでしたと、源氏の愛の頼みがたさを恨む。紫の上は源氏がもう他の女に心を向けることはあるまいと思って安心した時になって、女三の宮の降嫁という世間の耳目をそばだたせる事態に遭ったので、今後もどんなことが起こるかと不安でならない。そうした恨みや不安を抱きながら、源氏への協力は完璧に行うところに、彼女の苦悩は深まる。

帰属すべき世界を失う

そのような中で源氏への不信感をさらに強める事件が起こった。女三の宮の婚儀がすんで安堵した朱雀院が西山の寺に移ったとき、源氏はそれを待ちかねたように朧月夜に忍んだのである。しかし、この時の紫の上はもはや見て見ぬふりをした。女三の宮の降嫁以後、源氏への信頼をなくした彼女は、源氏の浮気に感づいてもこれまでのように嫉妬することはなく、素知らぬふりをして、源氏に対してははっきりと心の距離を設けるようになった。彼女の態度は源氏がどうしてそんなに素っ気なく見向きもしないのかと戸惑うくらいきっぱりとしていた。

不安になった源氏はそういう時の常として今生のみならず来世までも変わらぬ愛を誓い、朧月夜のことを打ち明けて許しを請う。しかし、許しを請いながら人目に隠れてもう一度だけ逢いたいのだがと話す。源氏は偽りのない気持ちを話しているだけのつもりなのであろうが、紫の上からすれば虫のいい節度をなくした言動である。紫の上は次のように恨んだ。

いまめかしくもなりかへる御ありさまかな。昔を今に改め加へ給ふほど、中空《なかぞら》なる身のため苦しく。　（若菜上）

若返ったお盛んなご様子ですことと皮肉を言いながら、昔の恋を改めてむしかえされるのは、寄る辺のない私にはつらいことですと言って涙ぐむ。この「中空なる身」とは、文字どおり身体が中空に浮いていることで、地に足の着かない、宙づりにされたような宙ぶらりんの状態、あるいはそういう存在感覚をいう。ここでは自分の帰属すべき世界がないこと、心の安住の場所がないことを意味する。紫の上の流離の意識とはこれである。

自負と屈辱

女三の宮が降嫁して三、四ヶ月経ったころ、紫の上は源氏の気持ちを忖度《そんたく》して宮への対面を自分から申し出て、源氏を喜ばせた。しかし、内心ではそうすることの屈辱感に呻吟していた。

対《たい》(紫の上)には、かく出で立ちなどしたまふものから、我より上《かみ》の人やはあるべき、身のほどなるものはかなきさまを、見えおきたてまつりたるばかりこそあらめなど思ひつづけられて、うちながめたまふ。 (若菜上)

女三の宮に卑下して挨拶にうかがうとはいえ、源氏の妻として自分にまさる人がいるはずがない、昔頼りない身の上を源氏にお世話していただいただけのことなのに、そのためにこのように振る舞わねばならないと、紫の上はもの思いに沈む。

この「身のほどなる云々」について、『岷江入楚』は「本式の嫁娶の儀なきを口惜しとなり」、「本式に嫁娶の礼なく、紫の上などの様なるをば野合《やごう》といふ」と注釈する。紫の上の結婚が父式部卿宮の承諾もなく、露顕《ところあらわし》という披露宴もなく、養育してくれていた源氏との事実婚として始まったことは、制度的にいえば「本式の嫁娶の儀」のない「野合」であった。愛情だけで結ばれた結婚であった。それが彼女にとって今はコンプレックスになる。そうした思いを抱きながら源氏のために献身的につかえる紫の上に、源氏は感嘆し讃美を惜しまなかったが、しかし、それは彼女にとって救いにはならない。

3　明石一門の物語

明石入道の夢の告げ

紫の上の苦悩をよそに、源氏四十一歳の年に、二年前に東宮に入内した明石女御(明石姫君)が第一皇子を出産した。この皇子が五年後には東宮に立つが、皇子誕生は光源氏家の末長い繁栄を保証する慶事であった。この皇子誕生を知った明石入道はこれまで祈り続けてきた悲願のいわれと、大願成就の暁に果たすべき住吉神へのお礼参りのことを記した長文の手紙を娘の明石の君に送り、自らは消息を絶つ。明石入道の大願成就の物語がここに明らかになる。

それによれば、入道は明石の君の誕生の時に見た霊夢の実現のために生きたのであった。その霊夢とは次のようなものである。

わがおもと生まれ給はむとせし、その年の二月のその夜の夢に見しやう、みづから須弥《すみ》の山を右の手に捧げたり、山の左右より月日の光さやかにさし出でて世を照らす、みづからは山の下の陰に隠れて、その光にあたらず、山をば広き海に浮かべおきて、小さき舟に乗りて、西の方をさして漕ぎ行くとなむ見はべりし。（若菜上）

この夢については中世の源氏注釈書の『花鳥余情』が、『過去現在因果経』にこれに似た夢の話があると指摘したうえで、入道の見た夢の意味を解き明かしている。すなわち「右の手」は女を象徴するので明石の君を指し、「月」は中宮を意味して、明石の君の娘の姫君が将来中宮になること、「日」は東宮を意味して、明石の君の孫に東宮が生まれるという瑞兆、入道が山の陰に隠れて光に当たらないというのは、入道には栄華をむさぼる心がないから、子孫の繁栄の恩恵にあずからないということであり、「山をば広き海に浮かべおく」というのは、山は須弥山《しゅみせん》で世界の中心であるから、東宮がやがて即位して天下を治める意味であり、「小さき舟に乗りて云々」は入道が西方極楽世界に往生するという意味であると解釈した。そのように理解してよい。入道じしんもこの夢をそのように解釈し、これを信じるに値すると考えて、その実現のために生きたのである。

明石一門の再興はどのようにして成るか

だが、入道はなぜこのような夢に生涯を賭けたのか。仏教の経典にも儒教の書物にも夢を信ずべきことが多く記されているからだと言うが、常識的には夢の信憑性に何の保証もないことは当時でも変わらなかったし、入道は子孫の繁栄によってその恩恵にあずかることは期待していなかった。それ以上に、跡継ぎの男子のいない入道の家は断絶するほかないのである。桐壺更衣の父の按察《あぜち》大納言家が断絶したのと同じであった。家の系譜が男系原理である以上、そのように考えなければならない。

もっとも男子がいない場合には養子を取ることが可能であるが、その場合は同族の近親から迎えることが原則であった。史実でも、男子のいなかった太政大臣藤原良房が甥の基経を養子としたのがよい例である。だが、入道の悲願の達成には、そのような方法は無縁であった。

入道にとって、明石の君を光源氏と結婚させるというのが当初からの計画であったと考えられる。これは源氏が須磨に来たときに思いついたというようなものではない。娘を「都の高き人」(明石)と結婚させたいと言っていたが、それは源氏以外にはいなかったのである。源氏の母桐壺更衣は入道といとこであり、源氏と明石の君とは又いとこであり、源氏の母方の血筋は明石一門である。入道はこれを強く意識して、源氏との婚姻の実現に全身全霊を傾けた。

それはこの婚姻によって明石一門の再興が成ると考えたからである。光源氏家という新しい源家への再生である。家の系図が男系原理である以上、入道の家も桐壺更衣の家も断絶するが、一門は源家として再生する、それも一門の女子を介して再生するのである。これが入道の望んでいたところであると考えられる。これは男系原理の家の観念とは齟齬するが、そのような考え方を次に見るように光源氏が語り、それに注釈した『花鳥余情』が示唆している。

史実にみる三条天皇の例

明石の君から入道の手紙を見せられた源氏は、明石入道家の歴史にふれながら、入道家は没落したが、女子によって子孫を残したと語る。

かの先祖の大臣《おとど》はいと賢くありがたき心ざしを尽くして、朝廷《おおやけ》に仕うまつりたまひけるほどに、ものの違《たが》ひ目《め》ありて、その報いにかく末はなきなりなど人言ふめりしを、女子《おんなご》の方につけたれど、かくていと嗣《つぎ》なしといふべきにはあらぬも、そこらの行ひのしるしにこそはあらめ。（若菜上）

入道の親の大臣はたいへん優れた人でまれな忠誠心で朝廷に仕えたが、何かの行き違いがあって恨みを買い子孫が衰えたと世間では言っているようだが、娘の筋で、このように子孫が絶えたとは言えないのも、入道の長年の勤行の功徳というものなのであろう、と源氏は言う。この「女子の方につけたれど、かくていと嗣なしといふべきにはあらぬも」という発言は、入道の考えを的確に理解して、それが実現したことを認めるものであろう。

『花鳥余情』はここについて、三条天皇の皇統を例示して次のように述べた。昔、村上天皇の第一皇子である広平《ひろひら》親王が冷泉天皇と立坊争いをして敗れた。広平の外祖父の民部卿元方《もとかた》はそれを恨んで死んだが、それ以後元方の霊が冷泉、花山、三条と冷泉皇統に祟り続け、敦明《あつあきら》親王(小一条院)が東宮を辞退するに及んで、三条天皇の皇統は絶えた。しかし、三条の娘の禎子内親王が後朱雀天皇に入内して、後三条天皇を儲けたために子孫は残った――「三条院の御末、男かたは絶えさせ給ひて、女かたよりは御子孫をのこし給へる事」という。男の子孫は絶えたが女の筋で子孫を残した。これは明石入道家が男の子孫は絶えたが、明石の君によって子孫が繁栄する物語に似ていると指摘し、源氏物語より後の時代のことであるから、物語が歴史を参考にしたわけではないが、世間の道理は昔も今も変わらないと付け加えている。

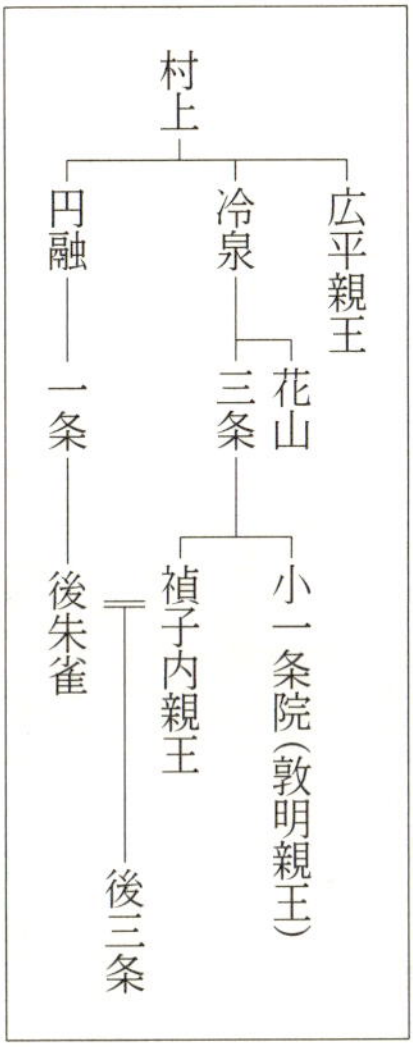

『花鳥余情』は、三条院の皇統は男系では断絶したが、女子を介して子孫が皇統に回帰したとする捉え方を示したのである。

この『花鳥余情』の指摘は、明石一門が

桐壺更衣と明石の君という女子を介して光源氏家として再生したという捉え方を可能にする。明石一門は光源氏家という新しい源家となって繁栄する。これが入道の悲願達成の第一段階であった。

明石入道の子孫に中宮と天皇が生まれることは、その第二段階と考えてよい。明石女御の皇子誕生を聞いて、入道ははじめて「月日の光さやかにさし出でて世を照らす」(若菜上)という夢の告げを披露したが、そのように子孫が王権につくことが入道の祈願の目的であった。そしてそれは桐壺更衣を入内させた按察大納言の遺言とも共通する、明石一門の遺志であったと考えることができる。大納言も入道と同様に子孫に天皇が生まれることを念願したのである。それが大納言の遺言の真意であったと理解してよい。光源氏が「帝王の相」を持った皇子として生まれたことは大納言の念願にかなっており、源氏が準太上天皇になったことは、完璧ではないにせよ、その成就を意味した。その源氏の子孫が次々に即位することで、入道と大納言の遺志は叶えられる。彼らはともに明石一門の共通の遺志のもとに生きたのである。

これが更衣の入内をめぐる第二の謎の謎解きである。

明石一門と王権譚

いったい彼らはなぜそのように王権にこだわったのであろうか。考えられることは、明石一門の先祖が皇位継承に敗れた親王であり、王権から排除された先祖の無念の回復が彼らの悲願になっていたのではないかということである。それが彼らの遺言の根底にあった精神であると考えられる。

物語のなかで明石一門の出自は源氏なのか藤原氏なのかはっきりしない。しかし、按察大納言と入道の遺言がともに指し示す地点は王権以外にはないのであって、それが彼らの達成すべき目的であった。もし彼らが藤原氏であれば外戚として摂政・関白の地位を確保することが目的となるはずであり、外孫が即位したからといって家が断絶したのでは元も子もない。しかし明石一門が源氏であり、先祖の挫折した王権の回復を悲願としたとすれば、事情は異なる。

たとえば紫の上の父の式部卿宮は先帝の皇后腹の皇子であり、彼がなぜ即位できなかったのか、皇位継承からはずれたいきさつは不明であるが、先帝の皇統と桐壺帝の皇統とのあいだに何か不透明な事情があったことを想像させる。式部卿宮が親王にはめずらしい政治的野心のつよい宮であったことは、皇位継承から排除されたことと無関係であったはずがない。妹の藤壺を桐壺帝に入内させ、冷泉帝には次女の王女御《おうにょうご》を入内させたところに王権志向の強さが明らかだが、それは外戚として権勢家をめざすことが目的ではなく、女子を介してみずからにありえた王権の回復を果たすという意識に突き動かされていたと見てよい。

その点では光源氏も同様であった。彼が冷泉帝に養女の秋好中宮を入内させ、次の帝には実子の明石女御を入内させたのも、単に外戚としての権勢家をめざしたのではなく、式部卿宮と同様の王権回復の意識が存したと見られる。源氏が「帝王の相」を持ちながら王権から排除されて臣下になったことは、彼に王権の回復への願望を潜在させたはずだからである。結果的にはみずからは準太上天皇になり、不義の子である冷泉帝が即位し、冷泉帝には皇子は生まれなかったが、代わって明石姫君の皇子が次々即位する見通しになった。ここに源氏の王権への願望は果たされる。

光源氏の願望は王権への見果てぬ夢に向けられていたと考えてよい。源氏の王権コンプレックスであるが、それは明石一門が夢想した王権回復の願望を引き継いでいたのである。明石入道と按察大納言に表わされた一門の悲願は、光源氏によって達成されるのである。

王権物語の背景

なぜそのような物語が語られたのだろうか。やはりその背景には、歴史上の廃太子事件、あるいは摂関勢力によって立太子の芽をつみ取られた悲運の皇子たちの、史実や伝承を考えなければならない。『大鏡』裏書は先に触れた小一条院が東宮を辞退する記事のところに、「廃太子ノ事」として道祖《ふなど》親王(天武孫)、他戸《おさべ》親王(光仁皇子)、早良《さわら》親王(光仁皇子)、高岳《たかおか》親王(平城皇子)、恒貞《つねさだ》親王(淳和皇子)の五人を挙げる。廃太子ではないが、『伊勢物語』に登場する惟喬《これたか》親王は文徳天皇の鍾愛した皇子であり、文徳は惟喬に譲位したかったが、太政大臣藤原良房にはばかってできなかったという話が大江匡房《まさふさ》の『江談抄《ごうだんしょう》』に載っている。

そうした即位への道を閉ざされた親王に、村上天皇の皇子、為平親王がいる。『大鏡』によれば、為平は父天皇と母后の鍾愛が厚く東宮に立つことを予定されていたが、左大臣源高明の娘と結婚したために立太子できず、弟(円融天皇)が東宮になった。為平が即位すれば源高明に権勢が移ることを藤原氏が恐れたからだという。その為平は娘の婉子《えんし》を花山天皇に入内させたが、彼の願いは皇子が生まれれば昔の自分の即位の願いが叶うと思ったからだと語られた。この為平と物語の式部卿宮に類似する点が多いことが確認されているが、為平に典型的に見られる王権への回帰願望は、源氏物語の王権譚の背景として押さえておくべき事柄である。

そうした王権回復のテーマは『狭衣《さごろも》物語』や『浜松中納言物語』という源氏物語以後の物語にもくりかえし語られている。

繁栄のなかの住吉参詣

明石女御が朱雀院の皇子である東宮の第一皇子を出産してから五年後、源氏四十六歳の年、冷泉帝が譲位した。在位は十八年に及ぶ。そして新しい東宮には明石女御腹の第一皇子が立った。新帝の伯父の鬚黒大将が右大臣に、夕霧が大納言に昇進した。明石女御が中宮になり、国母になることは間違いなく、澪標《みおつくし》巻の宿曜《すくよう》の予言(源氏の子が天皇、皇后、太政大臣になる)どおりに現実は進行していたのである。光源氏家の繁栄に不安はなかった。

その年の十月、源氏はこうした慶事が住吉神への祈願の賜物と思うので、盛大なお礼参りをした。明石入道も長年の祈願の願ほどきを遺言していたが、それはあまりに分にすぎた大望なのでその願ほどきは明石女御が国母になった時にと考えた。今回は準太上天皇光源氏のお礼参りとして、明石女御、紫の上、明石の君、明石尼君、夕霧と、光源氏家がこぞって参詣した。

4　紫の上の祈り

出家を願う紫の上

紫の上の献身的な努力によって六条院の日々は表面は平穏に過ぎていた。女三の宮の降嫁後も、源氏の紫の上への愛情は変わらず、女三の宮も紫の上にまさることはなかった。だが、住吉参詣から帰ったころから、紫の上は出家を考えるようになった。女三の宮も二十歳になり、兄である新帝の支援が厚く二品《ほん》に昇叙され、源氏の通い方もだんだん等しくなった。紫の上は源氏の愛情が衰えて、女三の宮に取って代わられる屈辱からのがれようとする意味もあったが、それ以上に精神の寄る辺を求めたのである。しかし、源氏は出家の希望を許さなかった。

翌年には朱雀院が五十歳になるので、源氏はその算賀に女三の宮の立派な成長を見せたいと考え、宮に琴《きん》の琴《こと》を熱心に教えた。その成果を試すために、年が明けた正月、源氏は六条院の夫人たちによる女楽《おんながく》を催す。六条院の春の町の寝殿で紫の上が和琴《わごん》、明石女御が箏《そう》の琴、明石の君が琵琶、女三の宮が琴の琴という、それぞれ得意の楽器を合奏した。夕霧とその息子、鬚黒大臣の息子(玉鬘の子ども)も招かれた。女性たちのみごとな合奏に源氏は満足し、夕霧相手に音楽談義に花を咲かせた。

こうした優美華麗な催しの裏で、紫の上は目に見えぬ苦心をし、心労を重ねていたが、源氏は必ずしも十分理解してはいなかったようである。女楽の翌日紫の上を相手に自分の半生を語る源氏は、あなたの人生は須磨の別れの時を除いては、親元の深窓で過ごしたような気楽なものであったでしょう、女三の宮の降嫁はおもしろくないでしょうが、それにつけては私の愛情が何倍も増していることがお分かりでしょうと話した。こういう言い方が紫の上を傷つけることに源氏は気付かなかった。

紫の上は、源氏の言うとおり世間からは寄る辺のない私は分にすぎた幸せな身の上と見えるでしょうが、心に耐えきれない悲しみが離れず、悲しみを支えに生きていますと、言葉少なに涙ぐんで答えた。源氏のために献身する苦悩は理解されず、出家の願いは許されないなかで、彼女は自分の人生を暗澹たる思いで見つめたのだった。

苦悩と発病

紫の上の苦悩の一端を原文で読んでみよう。

対《たい》(紫の上)には、例のおはしまさぬ夜は、宵居《よいい》し給ひて、人々に物語など読ませて聞きたまふ。かく世のたとひに言ひ集めたる昔語りどもにも、あだなる男、色好み、二心《ふたごころ》ある人にかかづらひたる女、かやうなることを言ひ集めたるにも、つひに寄る方ありてこそあめれ、あやしく浮きても過ぐしつるありさまかな、げにのたまひつるやうに、人よりことなる宿世もありける身ながら、人の忍びがたく飽かぬことにするもの思ひ、離れぬ身にてややみなむとすらむ、あぢきなくもあるかな、など思ひつづけて、夜ふけて大殿籠《おおとのご》もりぬる暁方より、御胸をなやみ給ふ。(若菜下)

紫の上は源氏が女三の宮を訪ねて不在の夜は、夜更かしをして女房たちに物語を読ませて聞いていた。彼女は物語の女たちの人生と自分の人生とを比べていた。物語には世間によくある話として、浮気な男や好色な男、二心ある男と関わった女の話が多いが、そういう女たちでも最後は頼りになる男が定まるものだが、自分のばあいは違って、寄る辺のないありさまで過ごしてきた。源氏の言うとおり人並み以上のすぐれた幸運に恵まれた身の上ではあるが、世間の女の耐えがたく我慢のならないことにする悩みの尽きない一生を終わるのだろうか、つまらない人生だ、と嘆息するのであった。

彼女は自分の人生を「あやしく浮きても過ぐしつるありさま」であったと思う。先に触れた「中空《なかぞら》なる身」の意識と同じ自己認識である。自分の人生を心の寄る辺を見いだせず、あてどのないさすらいとして捉えたのである。魂の安住の場所、自分の帰属すべき世界を見いだすことができなかった。その夜明け方、紫の上は発病した。

二条院に移る

源氏は女三の宮のもとで紫の上の発病の知らせを受けた。驚いて駆けつけ、付ききりの看病をしながら加持祈禱や御修法《みずほう》を始めたが、病状は回復しなかった。三月になり紫の上は六条院から二条院に転居して療養に専念する。二条院は源氏が紫の上に贈与した邸宅で、彼女は「わが御わたくしの殿と思す二条院」(若菜上)と考えていた。源氏は看病に余念がなく、六条院の女三の宮を訪ねることも怠っていた。病状は一進一退を繰り返し、快方に向かう様子が見えないまま月日が過ぎた。

四月の賀茂祭のころ、女三の宮の具合が悪いと聞いて、源氏が六条院へ見舞いに出かけていたとき、紫の上の息が絶えたという知らせが飛び込んで来た。あたかも紫の上は命を懸けて源氏を女三の宮のもとから呼び寄せているかのようである。源氏の必死の祈りが通じたのか、紫の上に取り憑いていた物の怪が正体を現して、彼女は蘇生した。物の怪は六条御息所の死霊であった。女楽の翌日に、源氏が紫の上に御息所を悪し様に話題にしたことを恨んで、紫の上に取り憑いたのだと白状した。源氏は物の怪の跳梁に恐れ、また紫の上が出家を切望するので、在家信者としての功徳を期待して五戒を受けさせて延命を願うとともに、御息所の罪を救うために法華経の供養をした。受戒のせいか六月になり紫の上の病状はやっと小康状態になる。

実は女三の宮の具合が悪くなったのは、次章で述べる柏木との密通によるものであったが、源氏はまだ知らない。

しかし、こうした状況では朱雀院の五十賀は延期するしかない。女楽の成功を受けて、源氏は朱雀院の五十賀を盛大に祝おうと計画していたが、すっかり頓挫した。六条院は暗雲に閉ざされ、光源氏は自力で事態を打開する力を失っていた。

第七章
光源氏の宿命

文を焼く源氏（幻）（京都国立博物館蔵，土佐光吉筆『源氏物語画帖』より）

〈物語の概要〉

頭中将の長男柏木は少年時代から女三の宮に思慕を寄せていたので、宮が源氏に降嫁したことは残念でならなかった。その思いが高じてついに密通に至る。源氏は事件を知って怒りを覚えるが、過去の藤壺とのことを思うと柏木を非難できないと思う。柏木は源氏の催した朱雀院五十賀の試楽に招かれ、源氏に皮肉を言われ睨まれたことに打撃を受けて亡くなる。病床で親友の夕霧に源氏への取りなしと、妻落葉の宮の後見を遺言した。柏木の死の直前、女三の宮は柏木の子(のちの薫)を出産し、その後出家する。源氏は五十日の祝いに薫を抱きながら藤壺との罪の報いを思う。夕霧は柏木の遺託にこたえて落葉の宮を見舞ううちに、宮を恋するようになり、紆余曲折の挙げ句結婚した。長年連れ添った雲居の雁との夫婦仲は破綻した。紫の上は二条院で仏道に心を寄せながら病の日を送っていたが、出家の願いは叶えられず、四十三歳の秋亡くなった。源氏は悲嘆に暮れて一年有半を喪に服し、五十二歳の歳末を迎えた。光源氏の物語はここで終わる。この後源氏は出家して、数年後には亡くなった。

(若菜上・若菜下・柏木・横笛・鈴虫・夕霧・御法・幻)

1　柏木の恋

太政大臣家の期待をになう柏木

源氏四十七歳の夏、賀茂祭のころ、源氏が紫の上の看病のために二条院にこもり、六条院に人気《ひとけ》が少なくなった時を見計らって柏木は女三の宮と密通した。どうしてそのような事になったのか。柏木の女三の宮への恋の始まりにさかのぼって見ておこう。

およそ八年前、女三の宮の降嫁の問題が持ち上がったとき、もっとも熱心に運動したのが柏木である。柏木は太政大臣(旧頭中将)の長男で、玉鬘十帖では妹とも知らずに玉鬘に求婚したり、近江の君を探し出したりする少々粗忽な青年の印象があったが、第二部にはいると面目を一新する。朱雀院は柏木について、高貴な妻を得たいとの願いが深く、独身をとおしており、沈着冷静で気位が高く、学問も優れていて、将来は国家の柱石となる青年だと評価していた。ここにきて柏木像の据え直しが行われたと考えてよい。太政大臣家の次代を背負って立つ期待の嫡男であった。

その柏木への女三の宮の降嫁を太政大臣家では総力を挙げて働きかけた。この時期には太政大臣家は朱雀院や東宮とたいへん親和的な関係を保っていた。というのも朱雀院の外戚の旧右大臣や弘徽殿大后が没し、一方太政大臣の妻と朱雀院の寵妃朧月夜とが姉妹であったことから、太政大臣と朱雀院の関係はいたって良好になっていたからである。光源氏が須磨に退去したとき、敢然と源氏の見舞いに出向いた太政大臣(その時は宰相中将)の朱雀朝廷に対する挑戦的な態度とは一変していた。女三の宮の裳着《もぎ》の腰結いも太政大臣がつとめた。

　柏木に女三の宮の降嫁を願った背景には太政大臣家固有の家の歴史がある。柏木の祖父左大臣(のちの摂政太政大臣)が桐壺帝の妹の大宮の降嫁を得て桐壺帝と協力し、東宮の外戚である時の右大臣家を凌駕したという成功譚は家の誉れとなっていた。現在の東宮には源氏の明石女御が入内しているが、太政大臣家には入内可能な姫君がいない。冷泉帝のあとを継ぐ東宮の即位後を考えると、源家に対抗するためには、東宮の妹の女三の宮の降嫁を得ることは、桐壺帝時代の左大臣の成功のひそみにならう方法として期待が持てたのである。

　さらに太政大臣の個人的な思いもある。父の左大臣には内親王が降嫁したのに、自分にはそれができなかったのを無念に思っていた彼は、柏木への降嫁は自分にとっても名誉なことと考えた。柏木は太政大臣家の期待を背負って女三の宮の降嫁を願ったのである。

柏木、女三の宮をかいま見る

女三の宮の婿として柏木に不足な点は、官位が低いことと、年が若いことの二つだけで、家柄、人物、将来性には何の問題もないと朱雀院も評価していた。柏木には強い自負心があった。加えて柏木は十四、五歳の少年時代に乳母を通して幼少の女三の宮の噂を聞いて、宮を思慕するようになっていた。少年時代の思慕を恋の原点とするのは、源氏の藤壺に対するばあいと同じである。柏木の女三の宮への恋は、こうした家の期待、朱雀院に認められているという自負、少年時代からの憧れというくつもの条件によって根拠づけられた。それゆえ光源氏への降嫁は残念で諦めきれず、宮が紫の上の勢いに気圧されていると聞くと、源氏が宮を不当に処遇していると思うようになった。女三の宮をかいま見たのはそういう時であった。

女三の宮が源氏に降嫁してちょうど一年後の三月、桜の満開のころ、六条院の春の町の南の庭で蹴鞠《けまり》が催された。それを女三の宮は廂《ひさし》の御簾《みす》越しに見物していたが、たまたま彼女の愛玩する唐猫《からねこ》が大きな猫に追われて御簾の端から走り出た。その時猫につけたひもがからんで御簾が引き上げられ、柏木は偶然宮をのぞき見した。彼はこれを昔から慕っている自分の気持ちが叶えられる前兆ではないかと、うれしく思った。

柏木は小侍従という女三の宮の乳母子《めのとご》の女房に託して宮に手紙を贈っただけでなく、東宮を通して女三の宮の唐猫を手に入れると、これを宮の「形見」(若菜下)として愛玩した。彼は猫を懐に入れて可愛がり、宮からの猫を返してという催促にも応じなかった。

密会

それから六年が経った。柏木は中納言になり、女三の宮の姉の落葉《おちば》の宮《みや》と結婚していたが、女三の宮を忘れることができなかった。源氏四十七歳の正月、前章で述べたように女楽《おんながく》が行われたが、その直後に紫の上が病に倒れて二条院に転居し、源氏は看病のために六条院を空けることが多くなった。その四月の賀茂祭のころ、柏木は小侍従に手引きをさせて密会した。

彼はひと目女三の宮の姿を見、自分の思いを訴えて、宮から一言返事をもらえれば満足するつもりでいた。しかし、女三の宮は突然の出来事に動転し、恐ろしさに返事どころではなかった。柏木は分別もなくなり、宮を連れて逃げてこの世から姿をくらましたいとまで思い乱れた。ちぎりを交わした後、少しうとうとした時、かわいがっていた唐猫の夢を見て目が覚めた。彼は宮の懐妊を信じた。猫の夢は懐妊の予兆であるとされていたからである。『岷江入楚』が「獣を夢みるは懐胎の相なり」と注釈するように、当時の俗信と考えてよい。

夜明けのまだ暗い、「明けぐれ」に柏木は女三の宮に別れて帰っていく。

起きてゆく空も知られぬ明けぐれにいづくの露のかかる袖なり

明けぐれの空にうき身は消えななむ夢なりけりと見てもやむべく　（若菜下）

あなたに別れて帰って行く先も分からない夜明けの薄暗がりの時分に、どこの露がこんなにも袖をぬらすのかと、柏木は別れがたい思いを詠む。歌語「明けぐれ」は「惑ふ」「迷ふ」「知らぬ」などとともに使われることが多い語で、ここでも単に夜明けの時間を意味するのではなく、柏木の分別をなくして惑う心を象徴する。

行く先もわからずに惑って涙に暮れるばかりという柏木はどこへ行くのだろうか。こののち彼は死を間近にしたとき、女三の宮に一言「あはれ(かわいそう)」と言ってほしい、それを「闇に迷はむ道の光にもしはべらむ」(柏木)と訴えた。柏木の行く先は無明長夜《むみようぢようや》の闇なのである。宮の言葉をその闇路を照らす光にしたいというが、密会は柏木を無明の闇に連れ去ることになる。彼はそれを予感していたのである。この歌はそういう意味でも象徴的であった。

女三の宮は柏木が帰るのにほっとして、この夜明けの薄暗がりの空につらいわが身は消えてしまってほしい。すべては夢であったと思ってすまされるようにと、弱々しいが若く美しい声で返事をした。柏木は魂が宮の側にとどまるように思った。宮は生きてはいられない思いになっていた。

柏木は妻の落葉の宮のもとではなく父の邸に人目を忍んで帰ったが、その時から犯した罪の恐ろしさに身がすくみ、生きていくこともできなくなったと思う。そう思いながら、女三の宮が恋しくて、妻の落葉の宮を訪ねることもなかった。

もろかづら落葉をなににひろひけむ名はむつましきかざしなれども　（若菜下）

姉妹のうち自分はどうして落葉をひろったのだろう。名前はなつかしい皇女であるがと、柏木は落葉の宮を軽んじる歌を詠む。落葉の宮と呼ばれるのはこれによる。物語の語り手は柏木を無礼なことを言うと批判するが、いまや彼には女三の宮しか眼中になかった。

発覚

密会から二ヶ月後、六月になって女三の宮の気分がすぐれないと聞いて、源氏は紫の上の看病の合間に久しぶりに宮を見舞った。その折りに柏木からの恋文を発見したのである。源氏には見覚えのある筆跡で宮への思いが綿々とつづられていた。それが座布団の下にむぞうさに挟まれていた。

源氏ははじめ女房が柏木の筆跡をまねて書いたのかと考えたりしたが、言葉づかいや文面から柏木の恋文に間違いないと確信する。事件を知った源氏は柏木の手紙の書きぶりの不用意さを軽蔑し、女三の宮の懐妊の理由を知ってどう扱ったらよいかと悩みながら、怒りを内攻させた。帝の妃との密通事件と比べても、柏木の所業は弁護の余地のない許しがたいことだと考えていくうちに、源氏はそれが実は自分で自分の昔の罪過を裁くことであると気づき、柏木を非難する資格のないことをさとる。桐壺院も今の自分と同じようにご承知でいながら、知らぬふりをしていらっしゃったのだろうか。思えばあの時のことは実に恐ろしく許されない間違いであった、と思い悩みつづけた。

2　柏木はなぜ死んだか

因果応報の構図

柏木の密通事件は源氏の藤壺との密通事件と類似点が多い。ともに密通の相手は帝の妃－準太上天皇の妻であり、その恋は少年時代の思慕に始まり、形代《かたしろ》(紫の上－唐猫)によって心を慰め、夢によって懐妊を知り、犯した罪の恐ろしさにふるえ、不義の子(冷泉帝－薫)の誕生となるなどである。藤壺と女三の宮がともに出家したという共通点もある。

柏木の密通事件は源氏の藤壺事件と重ねあわせるように語られたのであり、これは源氏の藤壺事件に対する因果応報という構図になっていると考えてよい。二つの密通事件を対応させることで、第一部以来の光源氏の宿業の物語は完結するのである。

それは不義の子の誕生を源氏が罪業の報いと受けとめたところにも示される。

さてもあやしや。わが世とともに恐ろしと思ひしことの報ひなめり。この世にてかく思ひかけぬことにむかはりぬれば、後の世の罪もすこし軽みなむや。（柏木）

それにしても不思議なことだ。これは常々恐ろしいと思っていた罪業の報いなのだろう。現世でこうした思いがけない応報を受けたのだから、後生《ごしょう》の罪も少しは軽くなるだろうか。

しかし、柏木物語が単に源氏の藤壺事件を反復して応報の構図を示しただけでないことはいうまでもない。事件が発覚し、当事者たちが相互に露見を知るところから、物語は新しい段階へと進む。

光源氏の報復

柏木の物語を恋に自滅する男の物語というなら、それに類する例は『伊勢物語』や『宇津保物語』などに先蹤があり、柏木物語はそうした物語の系譜の上に位置づけてよい。だが、それ以上に源氏物語内部での意味を考えると、柏木は光源氏にもありえた藤壺事件による破滅という運命を引き受けたと考えられる。予言に支えられて初めて可能であった源氏の密通と栄華の物語は、背中合わせに源氏の破滅の可能性を孕んでいた。柏木の破滅は源氏の栄華の物語の陰画として理解できる。

その柏木の破滅の形象はもっぱら彼の内面のドラマとして構成されたのが特色である。朱雀院の五十賀は八月、九月、十月とそのつど差し障りが生じて延期されてきたが、とうとう十二月になり、それ以上延ばすことはできなくなった。六条院での試楽(予行演習)には、こういう行事の常連である柏木も当然招かれた。彼は病気を理由に断っていたが、断り切れずに出席する。源氏は罪の意識で幽鬼のように痩せて青白くなった柏木を廂《ひさし》の間《ま》に招じ入れて、自分は母屋の御簾の内にいて柏木を見据えながら話をした。柏木と源氏の対面が御簾をへだてるのは異例である。少なくとも太政大臣までの光源氏にはそういう対面はなかった。ここは準太上天皇の格式を意図的に押し出しているのかもしれない。柏木からは源氏の表情は見えないが、柏木の様子はすべて源氏に見られている。源氏の態度は慇懃で穏やかであったが、久しい無沙汰や女三の宮のことに言及する言葉に、柏木は肺腑《はいふ》をえぐられた。

試楽の舞楽は南の庭で行われるので、源氏は見物のために母屋から廂に席を移して式部卿宮と鬚黒大臣だけが側に控え、それ以下の上達部や柏木は簀子《すのこ》に着席した。ここでも源氏は御簾を垂れて、再び柏木を名指しで皮肉をあびせた。

「年をとると酔えば泣けてくる癖をとどめられなくなるもの。老醜をさらすようになった私を君が笑っているのが恥かしい。とはいえ年月は逆さまには流れぬもの。君も老いは逃れることはできぬ」(若菜下)と酔ったふりをして当てこする。若さへの敗北感を自嘲しつつ、反撃の気力もない獲物をいたぶるような皮肉である。柏木が頭痛のために酒宴の盃を干すふりでごまかそうとすると、源氏はそれを見咎めて、むりやり盃を持たせて何度も飲ませる。柏木は気分が悪くなって宴の中途で退出した。

柏木の死

この日を境に柏木は再起不能の床に就いた。源氏の言動は柏木を奈落の底に突き落とすに十分な毒気を持っていたのである。すでに柏木は密通の直後から生きてはいかれなくなったと思うほどに怯えていた。それは道義的な罪責感であったと同時に、六条院光源氏に睨まれたら破滅しかないという現実的政治的な畏怖でもある。光源氏の存在の大きさ、その権威と権力の大きさの前に畏怖した。「帝の御妻」との過失ではないから重罪には当たらないと思いながら、しかし、畏怖から解放されることはなかった。柏木は光源氏への畏怖の前に自滅したのだった。

このような柏木の死は、彼一人の孤独な内面の劇としてのみ彼を追い詰めたという点で大きな特色がある。光源氏は試楽の日の皮肉以外、何ら目に見えた妨害や圧力を柏木に加えたわけではなかった。むしろ源氏じしんは憎悪の一方で、柏木の若さへの敗北感と宿業の報いという運命的なものへの畏怖に捉えられていた。柏木は光源氏の幻影に敗れたのである。そういう内面に根拠を置く死の形象として、これは独自な死であった。柏木、三十二、三歳である。

柏木鎮魂

柏木の死を悼まない者はいなかった。彼の情け深い人柄を身分の上下を問わず惜しみ残念がった。源氏は女三の宮やその子の薫を見るにつけて、また生前柏木が朝夕親しく源氏のもとに出入りし、源氏も目をかけていたから、何かにつけて思い出すことは尽きない。一周忌にはひそかに薫の分と合わせて黄金百両を追善供養の志とした。その手厚い追悼に柏木の父、太政大臣は恐縮した。そうした源氏の手厚い供養はすべて生前の柏木が予測していたことであった。彼は自分が死ねば源氏は許してくれるだろうし、恨みも消えよう、密通以外には過失はなかったから、長年親しくした関係から憐れみ惜しんでもくれるだろうと考えていた。源氏はそうした柏木の予測を見通していたかのように申し分のない追悼や供養をした。

そうした手厚い追悼は柏木の死が横死であり、この世に恨みを残して死んだ死者の霊魂はたたりをなすという観念から、恨みを解消してやる意図が働いたと考えてよい。柏木は夕霧が見舞ったとき、この世の別れには心残りが多いと言い、親に先立つ不孝、帝に対する不忠、立身できなかった恨みとともに、源氏に対して不都合なことがあり、許してもらえればありがたいと話した。こうした柏木の謝罪に対して源氏は手厚い供養で応えたのである。

3　女三の宮の悲しみ

光源氏の屈辱

源氏は事件を知ったときから、柏木と女三の宮が心を合わせて自分を裏切ったと思っていた。女三の宮からすれば事件は偶発的な事故に等しかったのだが、源氏はそうは考えなかった。二人が愛を共有していると誤解した。これほど大切に世話をしている宮に裏切られたと思い、柏木ごとき男に宮が心を分けることなど思いも寄らぬことと、屈辱感に苦しんだ。そうした思いが自分を老醜と自嘲する言葉となって柏木にも向けられたが、女三の宮にも投げつけられた。彼は宮に父朱雀院を心配させることのないようにと諭しながら、押さえがたい憤懣を吐露する。

「今はすっかり年老いた私の姿を、あなたは見くびって見飽きたものと御覧になっているのでしょう、残念でなさけないが、父院のご存命のうちは辛抱して下さい。院が私を夫とお決めになったのにはお考えがあったのですから、年寄りの私をも父院と同じようにお考え下さって、そんなにひどく見下しくださるな」(若菜下)などと、源氏は「さだすぎ人」、「古人《ふる》」、「うたての翁」と自嘲の言葉をまじえて語った。源氏の言葉は女三の宮の心を凍らせた。

女三の宮の出家

女三の宮が柏木の子を出産したのは源氏四十八歳の一月である。のちの宇治十帖の主人公となる薫である。三日、五日、七日と盛大な産養《うぶやしない》の祝いが行われ、七日の夜の産養は帝が主催したが、源氏は祝いの体裁をつくろうばかりで、若君を見ようともしないので、老女房たちは源氏の冷淡さを非難した。

女三の宮はわが身の不運を思い、死にたい気持ちで源氏に尼になりたいと訴えた。宮への不快な気持ちを改められない源氏は、一応は制止したが、女三の宮の言うとおりに出家をさせて世話をするのが思いやりかも知れない、今のままでは宮が自分に気兼ねしているのも気の毒だし、自分も気持ちを改められそうにはなく、疎略な扱いを人から見咎められるのも困るし、朱雀院が聞けば自分の落ち度にされるだろう、産後の病気を理由に出家させるのは世間体をつくろう理由にもなり、朱雀院への弁明にもなると思いながら、一方では若い女三の宮のために気の毒なことと思って悩んだ。

朱雀院は女三の宮のお産が無事と聞いて会いたいと思っていたところに、宮の容態が悪いという知らせがあり、突然夜分に六条院を訪ねた。父院に対面した宮は生きていけそうにもないので、この機会に尼にしてほしいと訴えた。朱雀院は宮の願いを聞くと、手ずから出家させた。

朱雀院も長年源氏の女三の宮に対する処遇について不本意な思いを抱いていたのであった。

女三の宮が出家したとき、その夜またしても六条御息所の物の怪が現れて、紫の上を死なせることができなかったのは残念だったが、その代わりに女三の宮を出家に追いやったと言って笑った。六条御息所は悪霊に化して源氏を苦しめることで、生前の恨みを晴らすのである。

定めない人生を歌う

第六章で触れたが、女三の宮の将来を心配する朱雀院は東宮に対して、女は本人の意志に反して、心ならずも男に逢い、軽率だと世間から侮られる運命に遭うことがあり、自分が出家した後に女三の宮が寄る辺もなく、さすらうようなことになるのが心配で悲しく思われてならないと話した。朱雀院はその時「ただよふ」とか「さすらふ」という言葉を使ったが、この言葉が物語のなかで女の人生の定めなさを語る主題的な意味をもつ語であることは先に述べた。女三の宮の人生はそうした朱雀院の心配が的中するような結果になったのである。

女三の宮の物語は女の人生の定めなさを主題とする物語の一つとして構想されたと見てよい。彼女が最初に詠んだ歌がまさしくそうした定めない人生を予感していたかのような歌であった。


はかなくてうはの空にぞ消えぬべき風にただよふ春のあは雪　（若菜上）

新婚五日目の朝、源氏が前夜訪れることができなかったのを詫びる歌を贈ったのに対する返歌である。源氏の訪れがないので、私は風に漂う春の淡雪のように空に消えてしまいそうですという。その限りでは新婚早々の夫の夜離《よが》れを恨む常套的な歌である。しかし、「はかなくて」「空にぞ消えぬ」「風にただよふ」という言葉の連鎖は、死と流離の予感を詠んだ歌になっている。

死を目前にした柏木が、自分の荼毘《だび》の煙は空にのぼることもなく、宮に対する思いは死後もこの世に残るだろうと詠んで寄こしたのに対する宮の返歌は次のようである。

立ち添ひて消えやしなましうきことを思ひ乱るる煙くらべに　（柏木）

柏木の荼毘の煙と一緒に私も消えてしまいたい、情けない身の上を思い乱れる嘆きの深さをくらべるために。さらに柏木の後を追って行きますという添え書きまであった。女三の宮は自分を不幸にした柏木とともに死にたいというのである。柏木がしみじみありがたくもったいなく思ったのは当然だろう。源氏との結婚生活に耐えきれず、自分を不幸にした男の後を追って死にたいという女三の宮の悲しみは深い。出家に救いを求めたのは必然であった。

それから二年後、源氏五十歳の夏、彼は出家した女三の宮のために盛大な持仏開眼供養を催し、宮の出家生活は何不自由ないように細心の配慮をした。今では源氏も仏道の勤行にいそしむことが多くなっていた。冷泉院とのどかに暮らす秋好中宮も母六条御息所の物の怪の噂に心を痛めており、母の苦患《くげん》を救うために出家したいと思う。源氏のまわりの人々は仏道に救いを求めるようになっていた。

4　夕霧と雲居の雁と落葉の宮

夕霧の恋

死の床に臥す柏木は夕霧が見舞ったとき、自分の死後、妻の落葉の宮に対して配慮をしてもらいたいと遺言した。夕霧はそれに応えて柏木の死後、落葉の宮を慰問するうちに、次第に心を魅かれていく。横笛、夕霧の二巻は夕霧の落葉の宮への恋が、子供時代からの恋の末に結ばれた雲居の雁との家庭を崩壊させる悲喜劇を語る。夕霧、二十八歳から二十九歳の時である。

落葉の宮の母一条御息所は皇女は独身で過ごすのがよいと考える古い考え方の持ち主であったから、宮と柏木との結婚にも不賛成であったが、柏木の父太政大臣と朱雀院とがそろって勧めたので、不承ぶしょう承諾したものの、その結婚が柏木の早世に終わってしまった不運が嘆かわしいと、夕霧に悔やんだ。

夕霧の目にする一条の宮邸は寂寥と悲しみに閉ざされ、落葉の宮の奥ゆかしい人柄と風雅な暮らしが夕霧には何にもまして好ましく思われた。というのも、夕霧は雲居の雁とのあいだに何人もの子どもができて、家庭は騒々しく活気に満ちていたが、逆に風流のかけらもない暮らしと、遠慮も奥ゆかしさもなく気ままに振る舞う妻の態度に不満を感じていたからである。落葉の宮の静謐と悲しみとつれづれを紛らわす風流の暮らしに、夕霧は心を惹かれていた。

恋の顚末

夕霧の誠意ある後見に一条御息所も心を許し、落葉の宮も琴を合奏したりするようになった。柏木の死後二年が経った年の八月、一条御息所が病気の治療のために小野の山荘に落葉の宮ともども転居した。見舞いに訪ねた夕霧はその夜宮に意中を訴え、一夜を明かした。祈禱僧からそのことを聞いて驚いた御息所は夕霧の真意を確かめるべく手紙を送ったが、その手紙を雲居の雁が奪って隠してしまい、夕霧は焦燥しながらも返事の書きようがない。御息所は夕霧からの返事がないのに落胆して急逝し、落葉の宮は母の死が夕霧のせいだと固く心を閉ざした。

御息所の葬儀は夕霧が手厚く取り仕切り、その後も夕霧は落葉の宮へ毎日見舞いの使いを差し向け、贈り物を欠かさなかったが、宮の心は解けない。夕霧は意を決してむりやり落葉の宮を小野の山荘から一条の宮邸に移し、かたちばかりの結婚をした。これに雲居の雁が立腹して子どもたちを連れて実家に帰ってしまう。夕霧は落葉の宮には拒絶され、雲居の雁には去られて途方に暮れる。どういう人がこういう色恋沙汰をおもしろいと思うのかと、夕霧は懲り懲りした気分になった。

六条院のパロディの物語

この夕霧の家庭騒動は、六条院のパロディといってよい。源氏も夕霧も新しい妻を迎えたために夫婦関係が破綻するのだが、源氏と紫の上の深刻な葛藤が、夕霧と雲居の雁のばあいは痴話喧嘩から別居へと戯画化されて語られる。夕霧が雲居の雁を鬼のような女だというと、彼女はいっそ鬼になってやると言い返す。光源氏にはありえない夫婦げんかである。

雲居の雁は夕霧が何かにつけて六条院の夫人たちを褒めて見習えと言い、自分をかわいげのない奥ゆかしさのない女だと思っているのが、理に合わないと嘆いた。六条院の夫人たちは昔からそういうふうに暮らしてきたのだし、自分も昔から同じような暮らしに慣れてきたら同じように過ごすだろう、それが突然落葉の宮を恋するようになったのだから黙って見過ごすことはできないと思う。世間の手本だと親兄弟がほめた夕霧だが、月日が経ってみると恥をかくような目に遭うものだと彼女は嘆息した。この雲居の雁の嘆きもまた紫の上の苦悩に耐える精神の高みを卑近な日常的な次元にずらしたものである。夕霧が二人の妻のあいだで途方に暮れ懲り懲りした気分になるというのも、源氏の戯画である。夕霧の家庭騒動は六条院の戯画として生彩を放つ。

しかし、夕霧と結婚した落葉の宮が六条院における女三の宮のパロディであったわけではない。落葉の宮の人生は女三の宮と同様に朱雀院の危惧した女の運命の頼りなさを語るものにほかならない。

落葉の宮の人生が問いかけるもの

母を亡くした落葉の宮は父朱雀院に出家したいと訴えたが、院は許さない。朱雀院にとっては女三の宮に続いて落葉の宮が出家するのは世間体が悪く、またしっかりした後見のいない落葉の宮の出家は尼になってから浮き名を流すことがありえないわけではないという心配もあった。

このような落葉の宮の物語にはどのような意味があるのだろうか。光源氏は夕霧が宮と想夫《そうふ》恋《れん》の曲を弾奏したと聞いたとき、女は男の心を引くような振る舞いをすべきではないと話したが、紫の上は落葉の宮に同情しながら次のようなことを思っていた。

「女くらい身の処し方が窮屈でかわいそうなものはない。ものの情趣や折々の風情をも分からないふうに引っ込んでおとなしくしているのでは、何によって生きていく張り合いがあり、無常なこの世の所在なさを慰めることができようか」(夕霧)。女の生き方の不自由さ、自分の感じていること、思っていることをも言わずにいるのでは、こんなつまらないことはないと言う。これは紫の上が自分の人生を顧みて思うところであったと理解してよい。

それでは女たちはどのように生きたらよいのか。具体的な答えが物語のなかで示されるわけではない。むしろ落葉の宮の物語は女の生き方について読者に問いかけるのである。あなたはどうしたらよいと思うか。それは物語をここまで書き進めてきた作者紫式部の問いかけである。

5 紫の上の死

死を見つめる紫の上

紫の上が六条院の女楽の後、病に倒れたのは三十九歳(物語では三十七歳の厄年とする)の一月であるが、それ以来病み続けて四月の葵祭のころには一度息が絶えた。その時の源氏の悲嘆する姿を見た紫の上は、源氏が気の毒になり、死ぬのは思いやりのないことと思い、気力を奮い起こしたのだった。

この病に倒れる前、紫の上は自分の人生を、「あやしく浮きても過ぐしつるありさまかな」

（若菜下）と、心の安まることのない不安定な人生だと深刻に嘆いていた。それは源氏の愛情が遠からず若い女三の宮に移り、妻の座をうばわれるのではないかという不安であった。その思いが発病の引き金となったのだが、生死の境を乗り越えてから彼女の心境には変化が起こっていた。病は快復せず、重くなってはいたものの、彼女は精神的には落ち着いて死を見つめるような生き方をするようになっていた。

御法《みのり》巻はその大病から四年後、紫の上の死と人々の深い哀悼を語る巻である。紫の上は源氏が出家を許してくれないのを恨めしく思っていたが、後生の功徳になる仏事を日々の勤めとしていた。三月には長年の法華経の書写を終えて、二条院で法華経千部の供養を盛大に催した。そしてこの法会に安堵したかのように、秋八月、源氏と明石中宮の二人に見守られながら静かに息を引き取った。

おくと見るほどぞはかなきともすれば風に乱るる萩のうは露　（御法）

これが紫の上の最後の歌である。私が起きているとご覧になるのも束の間のはかない命です。風に吹かれて乱れ散る萩の上の露のように。自分の死を静かに受け入れようとする覚悟が感じられる歌である。

亡くなったのは八月十四日の暁で、源氏は十五日の暁には火葬に付した。異例に早い葬儀である。葵の上の場合は八月十四日に亡くなり、火葬は八月二十日過ぎであり、その間蘇生の呪術などが多く試みられた。紫の上の火葬を急いだ理由はよく分からない。

紫の上の死に対して世間では生前の人徳を絶賛した。幸運に恵まれた立派な人でも世間からそねまれたり、驕り高ぶって人を困らせる人もいるが、紫の上は関わりのない人々にも評判が良く、ちょっとしたことをしても称賛され、奥ゆかしく何事にも行き届いた稀有《けう》な人柄であったと語られた。これは薄雲巻の藤壺中宮を追悼する賛辞と寸分違わない。前にも触れたように六国史には后妃を追悼する薨卒《こうそつ》伝がある。作者はここで紫の上を準太上天皇六条院光源氏の妻として準女御の待遇をしたと考えられる。

光源氏の哀傷、そして出家

紫の上の死は源氏を打ちのめした。源氏は寝ても覚めても涙に暮れる日々の中で、自分の人生を顧みて、紫の上との死別は過去にも将来にも例のない悲しさだと思い、そういう悲しい目にあったのは仏がこの世は悲しくはかないことを自分に悟らせようとしているのだと考えた。源氏は出家すべき時を迎えていた。ただ、悲しみに取り乱して出家をしたと世間から思われることのないようにしようと念じていた。

幻《まぼろし》巻は源氏がそうした悲しみに惑う心を整理するために要した一年を語る。源氏五十二歳の正月から十二月までの四季折々の風物に寄せて、紫の上を追悼する源氏の悲嘆の姿を語った。正月、六条院には参賀の人々が例年のように訪れるが、源氏は弟の蛍宮と対面した以外は、誰とも会わなかった。明石の君や花散里など夫人たちとの共寝もなくなり、紫の上を追憶する日々を送る。八月の命日には紫の上が生前製作させた極楽の曼荼羅の供養を行った。十月には空をわたる雁につけて、「長恨歌」の道士の故事を思う。プロローグでもふれたが、道士は楊貴妃の死を悲しむ玄宗皇帝に同情して、亡き楊貴妃の魂のありかを尋ね当てた。

大空をかよふまぼろし夢にだに見えこぬ魂の行くへたづねよ　(幻)

大空を自在に飛行する幻術士よ、夢の中にも現れない紫の上の魂の行くえを捜しておくれ。「幻」の巻名はこの歌による。この歌がプロローグや第一章でふれた桐壺帝の桐壺更衣を追憶する歌、「尋ねゆく幻もがなつてにても魂のありかをそこと知るべく」(桐壺)とまったく同じ歌であることは興味深い。それがどのような意味を持つかについては後に触れる。

大晦日の追儺《ついな》(悪鬼を追い払う儀式)で年が暮れるが、源氏の最後の歌は次のようである。

もの思ふと過ぐる月日も知らぬまに年もわが世も今日やつきぬる　（幻）

紫の上をしのぶもの思いに月日の過ぎるのも知らずにいるうちに、今年も自分の人生も今日で終わるのか。源氏は出家の決意を固めたのである。

物語では光源氏の出家も死も語られることはなかったが、幻巻の次に「雲隠《くもがくれ》」という巻名だけの巻がある。源氏の死を暗示する巻名であるが、作者の処置か後世の人の作為になるものかわからない。後の宿木《やどりぎ》巻によれば源氏は嵯峨野の御堂で出家生活を送り、二、三年後には亡くなったことになっている。

「形代」を超える――第四の謎のゆくえ

幻巻で源氏は召人《めしうど》の中納言の君や中将の君に向かって、自分は高い身分に生まれ何の不足もない破格の身の上であったが、世間の人とは比べものにならない不本意な宿縁を生きてきた、それは仏が世の無常を教えるために、そのように定めたのだろうと述懐した。これは先に見た紫の上の御法巻の独白とよく似た内容である。その不本意な宿縁――「人よりことに口惜しき契り」（幻）とは何かといえば、藤壺へのかなわぬ恋と考えてよい。その藤壺の形代《かたしろ》である紫の上を亡くしたことが今や悲しみの極みであると言う。その悲しみを幻巻は一年にわたる哀傷歌

(死者を悲しみ悼む歌)を中心に語ったのだが、そのなかで源氏は父桐壺院と同じ「長恨歌」を引用した歌を詠んだ。これにはどのような意味があるのだろうか。

源氏にとって紫の上は長いあいだ藤壺の「形代」であり、藤壺への叶わぬ恋を慰める身代わりであった。しかし、いつしか紫の上が形代の域を脱して藤壺と入れ替わり、藤壺の位置に着いていたことに源氏は気付いたのである。

では、紫の上はいつ藤壺の形代を脱したのか。女三の宮の降嫁後、一人苦しみに耐えるなかで、彼女が高貴に輝きを増していくことに源氏が驚嘆する描写があるが、おそらくそうした時期を考えてよい。源氏は紫の上の美しさを、「去年より今年はまさり、昨日より今日はめづらしく、常に目馴れぬさまのし給へるを、いかでかくしもありけむ」(若菜上)と思った。紫の上の常にはじめて見るような感じの美しさとは内面の輝きであり、精神世界のたゆまぬ深まりであろう。

この時紫の上は女三の宮に対してへりくだって対面をしながら、しかし、自分より上の人がいるだろうかという自負心を支えに生きていた。源氏への不信を募らせつつも、世間の物笑いの種にはなるまいという強い自負心を支えに、六条院の安定と協調に献身したのであった。そういう緊張感が彼女を輝かせていたのだといえよう。紫の上は藤壺にまさる女性となって、源氏を魅了したのである。

桐壺院と源氏に同じ歌を詠ませた物語は、この父と子の魂の類同性を確認しようとしているのであろう。紫の上は藤壺にそっくりであり、藤壺は桐壺更衣にそっくりであったから、紫の上は更衣に重なる。父と子はともに更衣を探し続けたのである。彼らは更衣にめぐり逢い、更衣に先立たれ、更衣の幻を求めた。更衣は彼らの魂に刻み込まれた愛の原型とでもいえばよいであろうか。源氏は父と同じ魂の軌跡を生きたのである。「長恨歌」の引用からはじまった物語は「長恨歌」の地平を大きく越えて父と子の運命の物語へと展開したのであった。

こうしてプロローグで第四の謎として述べた「長恨」の悲しみと「形代」の問題は、ここでひとつの答えを得た。しかし物語が掘り起こし、探り当てた問題はまた新たな地平へと向かう。次にこの課題を担うのは薫である。

第八章
薫と宇治の姫君たち

宇治の姫君たちを垣間見る薫(橋姫). 垣の外の薫から見て右に琵琶を前にした中君, 左に大君(京都国立博物館蔵, 土佐光吉筆『源氏物語画帖』より)

〈物語の概要〉

光源氏の没後は、今上帝の第三皇子である明石中宮腹の匂宮と女三の宮の子の薫の評判が高かった。明石中宮腹の第一皇子が東宮に立ち、第二皇子も次の東宮に予定され、その皇子たちと夕霧の姫君が次々結婚して、光源氏の子孫は繁栄していた。

光源氏の弟に八の宮がいた。かつて東宮候補にもなった宮であるが、今は零落して妻にも先立たれ、二人の姫君を育てながら、宇治で聖のような暮らしをしていた。薫は八の宮の生き方に心を引かれ訪問を重ねるうちに、姉の大君を恋するようになった。ある時応対に出てきた老女房が柏木の乳母子であると言って、薫に出生の秘密を話し、形見の品を渡した。薫は驚愕する。一方八の宮は薫の人柄を見込んで姫君の後見を託して亡くなる。薫は大君に結婚を申し込むが、大君は妹の中君を薫と結婚させようと考えていた。薫は前々から宇治の姫君のことを匂宮に話していたので、中君と匂宮を結婚させれば、大君も諦めて自分と結婚するだろうと考えてそれを実行した。しかし大君はこれを恨んだ。さらに匂宮と夕霧の六の君との結婚の噂に打ちのめされて大君は病に倒れ、亡くなった。匂宮はその後、中君を京に迎えた。薫は今上帝の女二の宮と結婚したが、中君を恋するようになった。

(匂宮・紅梅・竹河・橋姫・椎本・総角・早蕨・宿木)

1　光源氏の没後の世界

第三部「匂宮」三帖と宇治十帖について

第三部の物語は光源氏の没後の、源氏の子孫の世代の物語である。匂宮《におうのみや》・紅梅《こうばい》・竹河《たけかわ》・橋姫《はしひめ》・椎本《しいがもと》・総角《あげまき》・早蕨《さわらび》・宿木《やどりぎ》・東屋《あずまや》・浮舟《うきふね》・蜻蛉《かげろう》・手習《てならい》・夢浮橋《ゆめのうきはし》の十三巻から成る。第一部、第二部が光源氏の生涯の物語であったので正編と呼び、第三部を続編と呼ぶこともある。

第三部の初めの匂宮・紅梅・竹河の三巻については、橋姫巻以降の物語との接続がスムーズでないことが問題にされてきた。橋姫巻以降夢浮橋巻までの十巻は、薫と八の宮の姫君たちとの恋物語として全体が緊密な構成と展開を示し、「宇治十帖《うじじゆうじよう》」と呼ばれる。これに対して初めの三巻は、匂宮巻が源氏の子孫の夕霧と明石中宮の皇子たち、特に第三皇子の匂宮や、女三の宮の子の薫を中心に語り、紅梅巻は故太政大臣(旧頭中将)家を中心に語り、竹河巻は鬚黒《ひげくろ》没後の鬚黒大臣家の様子を語る。三巻の相互の関係が緊密でない上に、紅梅巻・竹河巻の内容は橋姫巻以降の物語にもほとんど受け止められていない。匂宮巻は宇治十帖への導入部としての意味が明らかであるが、しかし、文章にはぎこちない誇張が見られる。全体としてこの三帖については文章表現の稚拙さや粗雑さ、また物語の構想などの面から作者別人説が出されてきた。「匂宮」三帖《さんじょう》にはこうした問題があるのだが、本書ではひとまず紫式部作として扱っていく。その上でこの三帖がここに置かれていることがどのような意味を持っているのか考える。

光源氏没後の体制

匂宮巻は光源氏の子孫の繁栄を語る。源氏の孫たちは明石中宮腹の第一皇子が東宮に立ち、第二皇子も次の東宮に予定され、彼らには夕霧右大臣の大姫君、中姫君が次々に嫁いでいたから、夕霧が次代の摂関家となる体制ができあがっていた。

さらに光源氏には及ばないものの、美しいと評判の第三皇子匂宮と女三の宮の若君薫の二人にも、夕霧は娘を嫁がせるつもりでいた。特に薫は生まれつき身体に芳香があり、これを匂宮がうらやんで負けじと衣服に薫物をたきしめたので、世間では「匂ふ兵部卿、薫る中将」(匂宮とあだ名をつけた。年頃の娘のいる家では彼らを婿に迎えたがった。光源氏の余慶が子孫の繁栄をもたらしていたのである。

こうした源家の繁栄に対して、かつての太政大臣家は柏木を亡くして、紅梅大納言と呼ばれるその弟が当主になっていたが、昔ほどの威勢はない。大納言は長女を東宮に入れたものの、夕霧右大臣の権勢には太刀打ちできず、藤原氏の氏神である春日の神の加護やご託宣によって皇子の誕生や立后を祈るほかなかった。こうした紅梅大納言家の現状を語るのが紅梅巻である。

一方、鬚黒没後の鬚黒大臣家も衰退していた。玉鬘は鬚黒との間に三男二女をもうけていたが、二人の姫君の結婚をめぐって息子たちと意見が対立し、夕霧や紅梅大納言家に後れをとったことを嘆いていた。鬚黒の性格が情味に欠けていたために、鬚黒の没後一家には親しい付き合いがなく孤立ぎみであった。鬚黒の余殃《よおう》が祟っているのである。夕霧の子息の蔵人《くろうど》少将が玉鬘の長女に求婚し、それが叶わぬと言っていつまでも愁嘆する様子を見て、玉鬘は彼が官位の昇進に苦労することなく、世の中が思いのままになると思っていると苦々しく思いながら、自分の息子たちも鬚黒が生きていればこんなふうに過ごせたかもしれないと嘆いた。こうした鬚黒大臣家の現状を語るのが竹河巻である。

「匂宮」三帖はこのような家々の栄枯盛衰を語ったが、この三帖は光源氏の余慶が他家を凌駕して子孫の繁栄をもたらしたことを示し、光源氏が源家の偉大な先祖になったことを確認するという意味を担っているのである。光源氏は子孫の繁栄を導き、子孫の繁栄によって鎮魂される。光源氏の生涯はここにはじめて完結する。

しかし、物語のこの段階では権勢や栄華はもはや物語の主題ではなくなっていた。逆に源氏一統の栄華の体制が磐石であればあるだけ、そこにおのずと孕まれてくる人々の閉塞性が物語の主題的状況になったと考えてよい。作者は栄耀栄華の中で人生の目標を見出せず、みずからの内部に閉じこめられてその閉塞性に苦悩する人々の生きなずむ姿を取り上げようとしていたと見られる。玉鬘の批判した蔵人少将は、源家の栄華の体制が生み落した閉塞的退嬰的な精神の典型であったと言うことができる。それは薫の状況とも無縁ではなかった。

薫のになう課題

栄華の世界の中で悩む主人公として薫は選ばれたのである。彼は繁栄する源氏の子孫の中でも、破格の境遇にめぐまれていた。源氏の遺言で、薫は元服すると冷泉院の猶子《ゆうし》(養子)となり、秋好中宮は薫に老後を見てもらうつもりで大切にし、母の女三の宮の兄である今上帝がひいきにするのみならず、異母兄姉である夕霧右大臣や明石中宮からも厚遇された。

しかし、そうした比類のない境遇のなかで、薫は自分にはやましさがあると感じていた。彼は母の女三の宮が出家しているのが不審であるうえに、幼い頃に聞いた出生の秘密が疑念となって離れず、心が晴れなかった。次の歌は薫の詠んだ最初の歌であるが、彼が担わされた人生の課題が何であるかが的確に示されている。

おぼつかな誰に問はましいかにしてはじめも果ても知らぬわが身ぞ　(匂宮)

気がかりなことだ。誰に尋ねたらよいのだろうか。自分はどのようにしてこの世に生まれ、これから先どのようになっていくのかわからない身の上であることよ。薫はこういう疑念をかかえていた。

彼は自分は何者かという自問自答に捉えられていたのである。出生の秘密は誰にも聞くことも打ちあけることもならず、おのれ一人の胸奥に秘めておくしかない。そういう自問自答をくり返すほかない閉塞状況を抱えこんでいた。それは冷泉院がにない得なかった問題であり、正編の物語の先にあるテーマとして浮上したものだったのである。栄華の世界に跼蹐《きよくせき》する苦悩する精神が、物語の主題的状況になっていた。それが薫の物語である。

薫はいつ誰からこうした出生の秘密を聞いたのか。はっきりとは語られないが、女三の宮の乳母子の小侍従からであったと考えてよい。後の薫の話によれば、彼女は薫が五、六歳のころに亡くなったが、死に臨んで薫に告げたと考えられる。その事の重大さが大きくなるにつれて分かるようになり、薫の悩みは深刻になった。その秘密の詳細は後に宇治の八の宮を訪ねるようになってから、八の宮に仕える老女房の弁から聞かされることになる。

魂の不安と仏道を求める心

薫は栄華の境遇とは裏腹に魂の不安を内攻させていたのである。むしろ比類のない境遇が逆に彼を不安に導いたと言ってよい。それはすぐれて現実的な条件によって根拠づけられていた。薫にとって不義の子であるという疑惑はそれが発覚した場合、現在の光源氏の子として享受している栄達を放棄しなければならなくなるだけでなく、どのような制裁が待ち受けているのか見当がつかない。それだけに底知れない不安であった。そうした不安ゆえに悩み、華やかな身辺の栄華にも驕ることができず、もの思いに沈むような態度がますます世間からは称賛される。あるべきところにいるのではないという偽りと不安の意識、いつ降りかかるか知れない屈辱の怖れが薫の魂を捕縛していたのである。とすれば、そこからの救いが仏道に見定められるのはほとんど唯一の方途であったろう。

源氏物語には「道心」の用例が八例ある。道心は仏道を求める心、菩提を求める心の意味である。物語では出家した人の道心の浅さを批判するときに使われることが多いが、それはともかく薫の道心はきわめて具体的で個別的な心情の現実性に基づいていた。

子である自分を親のように頼りにする、道心あっての出家とも思われない尼姿の母を見ていると、薫は自分が仏道修行の手助けをして極楽に往生させてやりたいと思う。また亡くなったという実の父も成仏できずにいると思うと、その菩提を弔い、生まれ変わってでも対面したいと思う。薫は自分の魂の不安の救いを願い、父や母の後生の安らかさを念じるのであり、仏道は必至の筋道として立ち現われたのである。

それゆえ薫は出家のときにさまたげになるような高貴な女性との結婚は望まず、また気ままな女性関係にも気が進まず、万事に控え目に振る舞っていた。十九歳で三位の宰相中将になる。三位で宰相というのはれっきとした公卿であり、破格の昇進である。

しかし、そのような薫を語り手は、「さしあたりて、心にしむべき事のなきほど、さかしだつにやありけむ(今のところ深く心にかかるような人がいないので、利口ぶっているのであろう)」(匂宮)と揶揄する。これは若い薫の厭世的態度に向けられた辛辣な批評であり、橋姫巻以降の物語に照らせば、薫の道心をつき崩す物語の予告ということになる。作者は道心を身上とする薫にどのような生き方が可能なのか、そのありかたを考えようとしていたと見られる。

2　八の宮と姫君たち

落魄の皇子八の宮

宇治十帖の冒頭、橋姫巻の初めに紹介される八の宮の人生は、光源氏の権勢や栄華の裏側でさびしく生きた皇子の物語である。第二部の冒頭、若菜上巻が朱雀院の失意と病から語り始めたのに似ている。

八の宮は光源氏の弟であるが、冷泉院より少なくとも二、三歳以上の年上である。桐壺院の没後、光源氏を須磨退去に追いやった弘徽殿大后は、同時に東宮（のちの冷泉帝）の廃太子をも企てた。その時に八の宮は東宮候補にかつがれた。しかし、それが八の宮の不運の始まりであった。廃太子は失敗し、数年後には朱雀帝が譲位して冷泉帝が即位し、明石から召還された光源氏が冷泉帝の後見として政権を確立すると、それ以後八の宮は世間から見捨てられたような人生を送ることになった。

八の宮は十歳になる前に父桐壺院にも母女御にも先立たれ、外祖父の大臣も亡くなっていたらしい。頼りにできる後見はおらず、学問もせず世俗の常識も身につけることなく鷹揚に育ったので、外祖父から譲られた財産も失った。管絃の遊びだけがすぐれていた。そういう八の宮にとって北の方は掛け替えのない伴侶であったが、二人目の姫君を出産すると同時に亡くなった。以来、八の宮は再婚の話もことわり、仏道に心を寄せながら姫君たちを育てていたが、不運は重なり京の邸が焼けて宇治の山荘に転居した。そしてそこで宇治山の阿闍梨《あじやり》と親交を結ぶようになった。

八の宮は自分の人生をどのように考えていたのだろうか。彼の口から直接語られることはないが、仏道に心を寄せるようになるまでの間は、利用するだけ利用しながら利用価値がなくなると棄てて顧みない宮廷社会に対する絶望に身もだえした時があったようである。「自分の身に不幸があり、世の中を恨めしいものと思い知るきっかけがあって、はじめて道心も起こるものです」（橋姫）と、阿闍梨に語っていたが、彼にはそうした苦しい体験があったのである。

この阿闍梨が冷泉院に親しく出入りしていて、ある時八の宮のことを冷泉院に話した。その時薫が同席していて八の宮の聖《ひじり》のような暮らしぶりに興味を持ち、阿闍梨の紹介で八の宮と文通するようになり、まもなく宇治を訪問するようになった。薫は二十歳、先ほどの年齢の推定によれば、八の宮は五十一、二歳を越えたくらいである。

道心から恋へ

八の宮の住まいは宇治川の荒々しい水の音が聞こえ、夜は風がはげしく吹き荒れた。初めて宇治を訪ねた薫は俗世を捨てようとする宮にはふさわしい所かもしれないが、姫君たちはどんな気持ちで過ごしているのかと思った。八の宮の仏間と障子を隔てただけで、隣の部屋には姫君たちがいるので、薫は関心をそそられたが、しかし、彼は姫君に言い寄るようなことは俗世の迷いを断ち切りたいと願って宇治を訪ねる本意に背くと思い、姫君への関心を冷静に理性的に封じこめようと努めた。八の宮の話は仏道を深く悟った話ではなかったが、しみじみと心にしみるような道理があって薫はいつも会いたいと思うようになった。

宇治を訪問するようになってから三年目の二十二歳の秋、薫が訪ねたとき、八の宮は阿闍梨の住む寺に籠もって不在であった。彼は姫君たちが月を見ながら琴や琵琶を弾いているのをかいま見し、想像していたのとは違って、姫君たちのしみじみと優しい感じに心を引かれた。来訪の旨を告げて、姉の大君《おおいきみ》と歌を詠み交わすなどした薫は、帰京後も姫君たちの面影が忘れられず、俗世を捨てることはできそうにないと思うようになった。「なほ思ひ離れがたき世なりけりと心弱く思ひ知らる」(橋姫)と、当初の生まじめな道心が崩れていくのを自覚する。

薫、出生の秘密を知る

その夜、大君に代わって応対に出てきた弁という老女房は、自分が柏木の乳母子で薫の母の女三の宮の乳母子の小侍従と親しかったことなどを涙ながらに話した。薫は弁の話が意味ありげで心にかかったので、月を改めてまた宇治を訪ねた。その時弁から出生の秘密をつぶさに聞かされ、柏木の形見の品をわたされた。薫は出生の秘密を知り得たことは仏に祈ってきた効験と思い、涙に暮れたが、一方でこれが世間に漏れてはいないかと弁に繰り返し念を押した。柏木の手紙を見た薫は出仕する気力もなくなる。

薫の「おぼつかな誰に問はましいかにしてはじめも果ても知らぬわが身ぞ」(匂宮)という出生への問いは、ここに真相を明らかにされた。出生の秘密を知り、不義の子であることを知った薫がどのように生きていくのか、彼の人生の「果て」がどうなっていくのか、それがこれからの物語の主題となる。

薫にとって宇治はどのような意味をもったのか。はじめは八の宮との交際を通して道心を深める土地であったが、出生の秘密を知る老女房の弁との出会いによって、彼は宇治に取り込まれ、宇治から逃れられなくなった。万一にも秘密が漏れることがあってはならないと思う薫は、弁をないがしろにできないのはむろんのこと、父を知る弁は懐かしい人となる。のみならず、彼は姫君に秘密が漏れていはしないかと疑心暗鬼になり、秘密を守るためには姫君と結婚しなくてはなるまいと考えるようになる。道心を深めようと訪ねた宇治の地が逆に薫を恋の迷妄に向かわせるのである。

八の宮の遺言

道心を求める薫を恋に向かわせたもう一つの大きな力は、八の宮であった。八の宮は自分の死後、姫君たちが落ちぶれて路頭に迷うことが心配だと話して、薫に繰り返し後見を頼み、一方姫君たちには、落ちぶれたとはいえ宮家の名誉や誇りを傷つけることのないように厳しく訓戒した。

「本当に信頼できる相手でなければ、口車にのせられて宇治を離れてはならない。普通の人とは異なる運命だと思って、宇治で一生を終わる覚悟をしなさい。そう覚悟すれば人生は格別なこともなく過ぎていくものです。女はそうして家にこもって世間から体裁の悪い非難を受けることのないようにするのがよい」(椎本)と、宇治でひっそりと生涯を終わることを説くのだが、これが八の宮家の尊貴性をまっとうする姫君の生き方だと彼は考えていた。

女房たちにも物質的経済的な裕福を求めて尊貴な宮家の名誉を損ずるような、身分の低い男を手引きすることは断じてしてはならないと厳しく戒め、宮家の格式や掟に従って姫君に奉仕せよと訓戒した。「生まれたる家の程、掟」(椎本)というものを、八の宮は何よりも重んじたのである。自分と同じように姫君たちも宇治の地で生涯を終わり、八の宮家は絶えるが、宮家の尊貴は守られる。八の宮は孤高な家格意識と零落の境遇とのギャップのなかで、姫君たちには「家」に殉じる生き方を遺言したのである。

薫二十三歳の秋、八の宮はこういう遺言を残して阿闍梨の山寺で亡くなった。

3　薫と大君

道心に媒介された恋

薫はこれまでも大君を好ましく思っていたが、父八の宮を亡くして悲しみに沈む姫君を弔問し、大君とじかに話をするうちに、彼女の奥ゆかしさに自分の気持ちがはっきりと恋心に変わったことを自覚した。

薫は宇治に通い始めたとき、「われはすきずきしき心などなき人ぞ」(橋姫)とか、「世の常のすきずきしき筋には思しめし放つべくや」(橋姫)と、自分は色恋には関心がなく、自分の言動を世間並みの色恋の筋に受け取られるのは迷惑で、人から勧められても色恋になびくようなことはないと公言していた。しかし、今や薫は大君への恋心をつのらせる。薫はどのような恋を求めていたのだろうか。

薫が大君に訴えたことは「定めなき世の物語を隔てなく」(総角)話し合いたい、そういう仲になりたいということであった。彼は雪月花の風流を同じ心で楽しみ、無常な世のありさまを語り合う相手として、大君と結婚したいと話す。大君はそういう人生の伴侶になりうる女性であると薫は考えた。道心に媒介された恋といってよいだろう。それは確かに「世の常のすきずきしき筋」とは異なっていた。

薫の誤算

薫は大君への恋をどのようにして遂げようとしたのか。彼は大君に対して匂宮が以前から妹の中君《なかのきみ》に熱心であり、匂宮はうわさされるような頼りにならない浮気な男ではないと力説して、中君と匂宮との結婚を勧め、自分は大君と結婚したいと訴えた。匂宮は薫が宇治に通い始めたときから姫君たちの話を聞いて関心を掻き立てられ、何回か中君と文通していたからである。

しかし、大君は薫の意向に従おうとはしなかった。彼女は父八の宮の遺言を考えると、中君を薫と結婚させ、自分は親代わりに妹の中君の世話をするのがよいと考えるようになっていた。八の宮の一周忌の近づいた頃、宇治を訪ねた薫は思い切って一夜大君の袖を捉え、添い臥してかき口説いたが、喪服の大君が途方に暮れて泣く姿に同情し、無理をしなくても喪の明けるころには気持ちも変わるだろうと思って自制した。

そして一周忌の日に薫は大君の気持ちの変化を期待して宇治を訪ねた。しかし大君は会おうとしない。業を煮やした薫は老女房の弁を説得して手引きをさせ、姫君たちの寝室に忍び入った。だが、大君は物音を聞きつけて物陰に隠れ、薫はそれとも知らず独り臥す中君を大君と思って心をときめかした。中君と分かって、大君の態度を恨みながらもやさしい態度で一夜を明かした。

この不体裁な失敗に憮然として帰京した薫は、自邸にこもって思案にくれた。大君の意中を忖度すると、中君と結婚してほしいという彼女の意向を無視したことを気の毒に思う反面、自分の恋が閉ざされたことに意気消沈し、はてはこのような恋にとらえられたことを悔むというふうに、出口を見いだせない八方塞がりに悄然となる。「世の中を思ひ棄てむ」(総角)という出家の志の挫折を自覚したのだった。

しかし、それは道心を捨てること、道心から解放されることを意味しなかった。この時薫が考えたことは、「おしなべたるすき者のまね」(総角)はすまいということであった。それは「われはすきずきしき心などなき人ぞ」(橋姫)といって、大君への恋に足を踏み入れた時以来、彼が一貫してとり続けた態度にほかならない。「すきずきしき心」を否定しながら「すき」の行為に駆られたことは、道心を身上とする薫の抱えこむ自己矛盾であった。

大君の死

この堂々巡りを打破するためには、薫は道心に徹して出家をとげるしかなかったであろう。その逆は彼の身上として許されないはずである。

しかし、この時大君との結婚に夢中になっていた薫に出家が念頭にのぼることはない。彼は中君を薫と結婚させようという大君の考えをあきらめさせるためには、匂宮と中君の結婚を既成事実とするしかないと考えた。八の宮の一周忌の直後、八月下旬の彼岸の果ての日、この日が結婚に吉日だったので、薫は匂宮を宇治に案内した。そして自分が大君と会っているあいだに、弁に手引きをさせて匂宮を中君に逢わせた。この薫の策略に大君は怒った。

匂宮は母明石中宮の意向に逆らって宇治に三日間通いつづけ結婚が成立したが、大君はその後も匂宮の通いがままならぬことを嘆いた。匂宮は十月には紅葉狩りを口実に中君に逢おうとひそかに薫と宇治の夕霧の山荘を訪れたが、それを知った明石中宮が彼の身分に見合ったたくさんの貴族たちに後を追わせたので盛大な宴会となり、匂宮は彼らの手前をはばかって中君を訪ねることも歌を贈ることもできずに帰った。

これを大君は匂宮の誠意のなさと受け取り、中君の不幸はまぬがれないと思い込んで病に臥した。その後匂宮は父帝と明石中宮からきびしく宇治行きを禁じられ、さらに夕霧の六の君と婚約したことが大君の耳に入り、彼女は生きる気力をなくした。十一月になり、薫は大君の病が重いと聞いて宇治を訪ねると、そのまま看病のために滞在を続けたが、十一月中旬の豊明《とよのあかり》の節会《せちえ》の雪の降る夜、大君は薫に見守られながら亡くなる。大君が薫に残した最後の言葉は、中君を自分と同じに思って結婚してほしいと言ったのに、そうしてくれなかったことが恨めしいというものであった。

出家を思いとどまる薫

大君の死を看取った薫は悲嘆と後悔にうちのめされて、四十九日がすむまで宇治にこもって供養の日々を送った。自分がこのような悲しい目に遭うのは厭離穢土《おんりえど》を説く仏が出家を勧めているのだろうと、薫は出家を考えるようになった。「世の中をことさらに厭ひはなれねと、すすめたまふ仏などの、いとかく、いみじきものは思はせたまふにやあらむ」(総角)と思う。

これは光源氏が紫の上の死に際会したときの境地と同じ境地であるかのように見える。源氏も紫の上の死はこの世が悲しく無常であることを仏が自分に悟らせて、出家を勧めているのだろうと思った。紫の上を亡くした悲しみと憂愁のきわみにおいて源氏は出離を教える「仏の掟」(幻)を了解し、出家したのである。

しかし、薫は源氏のこの境地にはなお遠かった。彼は出家して母の宮を落胆させてはならないと考えた。『仏説孝子経』などの説く仏教の正統的な孝観念では出家は孝の至りとされる。薫の考え方はそれとは矛盾していた。それどころか彼は、臨終の大君が中君と結婚してくれなかったことが怨めしく思われると話したことを思って、中君を匂宮にとりもったことを悔やみ、大君の形見として自分が世話をすればよかったのにと後悔にくれた。

大君の死は薫にとって出家への発条《ばね》となすに足りる事件であったはずなのだが、それを押しのけて、薫は新たな現世執着に駆りたてられたのである。しかも挫折した道心に見切りをつけたのではなかったから、薫の道心はいっそう深い迷妄に踏み込んでいくことになる。匂宮と結婚した中君への恋着も、大君への恋以上に活路を閉ざされていたことはいうまでもない。

4　柏木から薫へ

父の「闇」を生きる

薫は父柏木の地獄に堕ちることが自明であった妄執の「闇」を、知らず知らずのうちに生かされていたのではあるまいか。

不義を源氏に知られ、源氏の威厳におののき憔悴して死に向かう柏木は、女三の宮に「あはれとだにのたまはせよ。心のどめて、人やりならぬ闇に迷はむ道の光にもしはべらん」(柏木)と訴えた。一言かわいそうだと言ってほしい、その言葉を無明長夜の闇にさまよう時の道の光にしたいと言った。柏木は死後無明の闇に迷うことを覚悟していた。夕霧も亡き柏木の夢を見たとき、臨終の際に恨めしいとか、恋しいとかいう一念に取り憑かれると、「長き夜の闇にまどふ(無明長夜の闇に迷う)」(夕霧)という仏教の教えを回想して、柏木の妄執に思いを馳せた。薫はそのような父柏木の妄執の「闇」を宿命として負わされていたと考えてよい。

相承される笛

かつて玉鬘は事情も知らぬまま、薫が光源氏には似ていず柏木に似ており、とりわけ琴の音は柏木そのままであると話したことがあった。音楽の音色が血脈において相承されるという観念は、『宇津保物語』で、琴の天才を伝える俊蔭《としかげ》の一族の物語に典型的に語られているが、源氏物語の薫もまた、血脈の系譜において柏木の音楽を確かに相承していたのである。

琴についてはその後格別に話の展開はないが、かわって笛が薫の素姓を確認していく。匂宮が初瀬参詣の帰途、宇治の夕霧の山荘に泊まり、夕霧右大臣の肝煎りで盛大な宴がくり広げられた時、八の宮は川を隔てて響いてくる笛の音を聞いて、「これは澄みのぼりて、ことごとしき気《け》の添ひたるは、致仕《ちじ》の大臣《おとど》の御族《おんぞう》の笛の音にこそ似たなれ」(椎本)とつぶやいた。「致仕の大臣の御族」とは太政大臣(旧頭中将)家の一族の意味で、この時の笛の吹き手が誰かは語られていないが、薫に間違いない。薫の笛の音色は太政大臣家の一族の音色、すなわち柏木の音色を伝えていたのである。

この笛には不思議な因縁があった。柏木の没後に落葉の宮を弔問した夕霧に、宮の母の一条御息所が柏木の形見としてこの笛を贈った。だがその夜、柏木が夕霧の夢に現われ、笛は夕霧の所持するものではないと言う。夕霧が思案のあげく源氏に相談すると、源氏は自分が預かるべき笛だと言って受け取った。

こうして笛は源氏から薫に伝えられた。薫は笛の由来を知らされていなかったであろう。かつて柏木はこの笛の音色の美しさを吹きこなすことができない、大事にしてくれる人に伝えたいと嘆いていた。この柏木の遺志を伝える笛を、薫は二十六歳の初夏、今上帝の女二の宮の降嫁を得た日の藤花の宴で、世にまたとない美しい音色の限りに吹き立てた。薫は柏木の嘆きをそれとも知らずに、女二の宮の降嫁という晴れの日に存分に晴らしたのである。ここには親子の霊的因縁が敷設されていると見てよいであろう。

玉鬘や八の宮が何も知らずに、薫の琴や笛について柏木に似ているとか、「致仕の大臣の御族」に似ているとか語ったことは、薫が本人の自覚を越えた次元で親子の霊的因縁を生かされたことを示している。玉鬘や八の宮にそれとも知らずに薫の真の出自を言い当てさせたこと、薫もまた無意識のうちに本然の素姓を琴や笛の音に響かせていたということ、それは薫を支配した目に見えない力の露頭を示すものであった。

宿命の絆

薫は柏木の子として宿命の絆で結ばれている。物語は薫の人生をそのように語っていると理解してよい。女三の宮への恋を理性的に処理しようとしながら、正気をなくして宮と契り命を絶った柏木の妄執を、薫もまた自覚的理性的な道心を抱きながら、恋の迷妄に徘徊するというかたちで踏襲させられた。それが柏木の子である薫の宿世であった。目にみえない宿命の絆が薫の人生の背後に設定されていると理解してよい。

次のような例もある。薫は今上帝の女二の宮との結婚にはもともと気がすすまなかったので、帝から話を持ちかけられた時は、「聖が還俗するような気持ちだ」(宿木)と思った。これは道心を捨てえない薫の本領として首肯されるが、その思いが一転して、同じことなら明石中宮腹の女一の宮を得たいというふうに変わる。当初の薫は出家に心を寄せて、そのさまたげになるような高貴な身分の女性との結婚は望まなかったのだが、それがこのように変わったとすると、薫はその身上とする道心とこの願望とをどう調整しうるのか、理解しがたくなる。これは支離滅裂な自己分裂ではないか。

逆にいえば、柏木が朱雀院の女二の宮(落葉の宮)を得ながら満足できず、女三の宮への恋に自滅したのと同じ力にあやつられようとしている薫の運命が、ここにも顔をのぞかせていると考えることができよう。そのような薫の苦悩の物語として女一の宮の物語の構想を考えることが可能である。迷妄にたゆたう人生を徹頭徹尾生かされていく薫は、柏木の不義の子としての負債を自ら「闇」に惑うかたちで償っていたのである。

「生きかた」の系図

源氏物語の親と子の関係は単なる血の系図であるのみならず「生きかた」の系図として語られたところに特色がある。益田勝実は源氏物語には親の業を受けて子が生きるという親子の宿業の生きかたが語られたとして、それは仏教の教えを媒介にしながら、紫式部がみずから到達した「文学者としての現実認識」であり、「生きていく悩みを人間が世から世へと受けついでいる、という考えに深め、物語文学展開の支柱にすえたのは、式部の個性的な現実認識であろう」(『火山列島の思想』)と説いた。そのように考えてよい。そうした親と子の生きかたの対応は、桐壺帝と光源氏に限らず、柏木と薫の場合にも物語に組みこまれていたのである。

第九章

薫と浮舟の物語

宇治川を渡る浮舟と匂宮(浮舟)(柳孝氏蔵, 秋山虔・田口栄一監修『豪華「源氏絵」の世界 源氏物語』学習研究社, 1988年刊より)

〈物語の概要〉

匂宮は夕霧の六の君と結婚した。薫は匂宮の訪れが間遠になった中君に同情し、思いあまって添い臥しの挙に出た。薫の恋慕を厄介に思う中君は異母妹の浮舟を紹介する。浮舟の母の中将の君は浮舟を中君のもとに預けた。その時匂宮が見つけて言い寄り、驚いた中将の君は浮舟を三条の小家に隠した。薫は二十六歳の年に今上帝の女二の宮と結婚。同じ頃中君は若宮を出産し、匂宮の妻の座が安定した。薫は宇治に出かけた時、長谷寺参詣の帰途の浮舟に出会い、大君によく似ていることに満足して引き取り、大君の形代として宇治に隠し据えた。薫二十七歳の正月、匂宮は浮舟が宇治にいることを知ると、すぐに宇治に出向き薫を装って浮舟と密会した。一方、薫は浮舟を京に迎える準備を進めていた。浮舟は二人の板挟みに苦悩して宇治川への入水を決意した。行方不明になった浮舟は、実は横川僧都に助けられて僧都の妹尼の小野の庵に匿われ、そこで出家した。その後浮舟の生存を知った薫は、浮舟の弟を使いとして差し向けたが、浮舟は人違いだと言って面会を拒み、薫の手紙にも返事を書かなかった。ここで物語は終わる。

（宿木・東屋・浮舟・蜻蛉・手習・夢浮橋）

1　薫と中君と匂宮

三角関係の始まり

薫二十五歳の二月、大君の喪が明けた中君は匂宮の京の二条院に迎えられた。二条院は六条院ができる以前の源氏の本邸である。源氏と紫の上の幸福な時代の邸宅であり、六条院完成後はしばらく放置されていたが、晩年病に倒れた紫の上はふたたび二条院に移り、そこで亡くなった。今は匂宮の私邸となっている。中君はそこに入居した。

薫は二条院で暮らし始めた中君が匂宮に大事にされていると聞くとうれしく思う一方で、中君を譲ったことを悔やむようになった。大君が臨終のときに薫に中君を自分と同じと思って結婚してほしかったと打ち明けた言葉を薫は忘れることができない。大君が亡くなった直後は中君と大君との違いが目に付いたが、今は大君の面影を見出して恋しくてならなかった。一方、匂宮は中君を訪ねる薫の下心を疑うようになっていた。「疑はしき下の心にぞあるや」(早蕨)と匂宮は中君に話した。物語は薫、中君、匂宮の三角関係の葛藤を語り始める。

それぞれの葛藤

薫に今上帝の女二の宮の降嫁の話が持ち上がったのと時を同じくして、匂宮には夕霧右大臣の六の君との結婚話が進行した。明石中宮も夕霧の意向を受けて匂宮を説得し、匂宮も拒みきれず八月に盛大な結婚式が行われた。

中君は匂宮が六の君と結婚したことで、匂宮に見捨てられ世間の物笑いになるのではないかと悩む。彼女は都にいられず宇治に帰ることになったらどんなに体裁の悪いことかと思い、大君が薫の求婚を拒んだのもこういう目に遭うことを見通していたからだと思うと、亡き父八の宮の遺言を守らず宇治を離れたのは軽率だったと後悔した。匂宮は六の君に満足して中君を訪ねることが間遠になった。

薫は、匂宮は「花心におはする宮(浮気な宮)」(宿木)だから、新しい女君に気持ちが移るにちがいないと思っていたので、中君に同情し、匂宮に中君を譲ったことをますます後悔した。恋しい思いで訪ねた薫に、中君は一度宇治に帰りたいので同行してほしいと頼んだ。薫は自分の一存では決めかねると言いながら、思いあまって中君に添い臥して口説いたが、中君の腹帯に気づいて自制した。とはいえ、匂宮が見捨てれば中君は自分を頼りにするだろうと、中君のことが頭から離れなかった。

そのような薫について、語り手は「けしからぬ心なるや。さばかり心ふかげに、さかしがり給へど、男といふものの心憂かりけることよ」(宿木)と批評する。もはや薫は道心と恋のはざまで悩むのではなく、道に外れた恋の虜になったというほかない。匂宮が中君を訪ねると聞くと、「後見《うしろみ》の心は失せて、胸うちつぶれていとうらやましくおぼゆ」(宿木)というほどになっていた。

しばらくぶりに二条院に帰った匂宮は中君に染みついた薫の香りに不審を抱いた。薫の香りは世間の普通の薫物とははっきり異なっていたから、匂宮は薫と中君との仲を疑い、「かばかりにては残りありてしもあらじ」(宿木)と問いつめた。中君は下着まで着替えていたのだが、薫の香りは身に染みついていたのである。これ以後、匂宮の中君と薫に対する嫉妬や恨みは折りあるごとに噴出する。

薫の手紙が中君に届けられたとき、たまたま居合わせた匂宮は手紙を見て恋文めいた文言がないと、それがかえって怪しいと皮肉を言い、箏の琴を中君に弾かせようとして、中君が弾こうとしないと、薫に対しては遠慮もしないのでしょう、特別に仲むつまじい間柄のようですからなどとあてこする。匂宮、中君、薫の三角関係はその葛藤を深めていた。

薫の内面世界

薫は二十六歳の二月、権大納言に昇進して右大将を兼任し、女二の宮と結婚した。同じ頃中君は匂宮の若君を出産して妻の地位が安定した。中君は薫が女二の宮と結婚したことで気持ちも変わっただろうと考えたが、薫は匂宮の留守を見計らって中君を訪ねると、相変わらず大君を忘れることができないと言い、女二の宮の降嫁は気乗りのしない結婚で世の中は思うにまかせぬものだと話した。中君はとんでもないことを言うとたしなめつつ、薫の大君への愛情の深さを改めて思う。薫は中君の若宮を見るにつけて大君が自分の子を生んでくれていたらと思い、女二の宮に子を生んでほしいとは思わなかった。そういう薫を物語の語り手は始末に負えない料簡だと厳しく批判している。「あまりすべなき君の御心なめれ」(宿木)と。

薫は女二の宮の降嫁を帝から直接申し込まれるほど厚い信任を得ており、官位の昇進は不自由なく、時の帝がこれほどまでに婿を大事にするとは例のないこととやっかまれるほどであった。薫は自分の置かれた現実が悪くないことを承知していた。女二の宮の美しさに満足した薫は、自分の運命はまんざらでもないと得意げな気持ちですらあった。いったい薫は何をどうしたかったのであろうか。亡き大君に恋々として匂宮の妻となった中君にまとわりつき、内親王との結婚は気が進まないと言いながら、結婚すると自分の運命は悪くはないと得意げであった。語り手は薫が「めめしくねぢけて」(宿木)いるふうに話すのは気の毒だと言い、そのようにみっともなくまともでもない人を、帝が特別に婿に迎えて親しくなさるはずもないので、政務の方面の心構えはしっかりしていたのだろうと推測できますと言って弁護する。

だが、語り手の言うように薫が政務や公務の世界ではしっかりしていたということを認めたとしても、彼の内面世界は「めめしくねぢけて」いたと言うほかあるまい。

こうした薫の状況は閉塞的退嬰的な精神ではなかろうか。第八章のはじめに触れた夕霧の息子の蔵人少将について、玉鬘は彼が世の中を思いのままになるものと思っていい気になっていると批判したが、薫も同じような問題を抱えていたのである。宇治十帖の物語は閉塞的に内攻する人々の心の葛藤を語っていく。

2　浮舟の登場

「人形」として

話は少しもどるが、中君は匂宮から薫との仲を疑われて以来、薫の恋慕を迷惑にも厄介にも思うようになっていたので、ある時いつものように大君を忘れられないと話す薫に、大君によく似ている異母妹がいることを打ち明けた。浮舟《うきふね》である。

薫は宇治に寺を造って大君にそっくりの「人形《ひとがた》(像)」や、絵を納めて勤行しようと思うようになったと話した。悲しみを軽減する方便として、薫は「人形」を思いついたのである。これを中君は罪や穢れを撫でつけて川に流す祓えの道具としての「人形」が連想されて大君がかわいそうだと言いながら、その「人形のついでに」(宿木)、異母妹の浮舟のことを告げた。浮舟がこうした「人形」問答によって呼び出されたことは象徴的であった。中君以上に大君によく似た異母妹のいることを知らされた薫は、その話に心をひかれた。そのような人がいたら宇治の寺の「本尊」にしたいと言い、中君は異母妹が「本尊」となるのは過分の幸いと応じる。彼らは「人形」だの「本尊」だのと言って機知的に浮舟を話題にしたのだが、しかし、それは川に流される「人形」の不吉なイメージや、山寺の「本尊」という寂しいイメージを浮舟に付与することでもあった。

「人形」の象徴的意味

浮舟は中君にとっても薫の執拗な恋慕を回避する身代わりとして求められたのだった。中君は薫の「かくうるさき心をいかで言ひ放つわざもがな」(宿木)と思っていた。薫と中君の双方が彼らの悩みや厄介事を祓い流してくれる存在として浮舟を求めたのである。浮舟は完璧に手段として存在したのであり、生きた祓えの道具とされていたのだと言える。そのように手段化された存在として罪や穢れを負わされて川に流される祓具の連想と、山寺に据えられる仏の連想という不吉なイメージを、浮舟は一方的に付与されたのである。

薫の次の歌は、そのような浮舟の位相をよく示している。

見し人の形代ならば身にそへて恋しき瀬々の撫でものにせむ　（東屋）

浮舟が大君の身代わりならば、いつも側に置いて、大君を恋しく思う折々にはその思いを晴らす撫でものにしよう。「形代」も「撫でもの」も「人形」と同じく罪や穢れを撫でつけて流す祓えの道具である。薫は浮舟に自分の悩みを撫でつけることで、みずからの救いを願う。浮舟がどのように思うか、彼女の気持ちはまったく考えていない。「人形」は浮舟の人生を象徴していた。

浮舟の出自と境遇

中君の身代わりとして、また大君の「人形」として薫の前に呼びだされようとしていた浮舟とは、どのような女君であったのか。彼女の半生を見ておこう。

浮舟は八の宮と女房の中将の君との間の子である。八の宮は北の方が中君を出産して亡くなった後、北の方の姪で女房であった中将の君をひそかに召すようになったが、思いがけず娘が生まれた。八の宮はそれを厄介なことと思って、それ以後中将の君を遠ざけ禁欲的な聖《ひじり》のような暮らしをするようになった。中将の君は人並みに扱われない屈辱をかみしめながら八の宮のもとを去り、浮舟を連れて常陸介《ひたちのすけ》と結婚し長年東国で過ごした。

中将の君は浮舟が成長したとき、八の宮に浮舟を会わせて認知してもらおうとしたが、八の宮はいっさい取り合わず、そのまま亡くなった。それでも中将の君は浮舟が二十歳になったころ、上京したときに中君のもとを訪ねて、中君は浮舟を知った。

中将の君の夫、常陸介には先妻腹の子どもたちが数人いたが、彼らはそれぞれ結婚したので、中将の君は次に浮舟の結婚を考えていた。常陸介との間には娘が三人いたが、その娘たちはまだ幼いうえに常陸介が実子を溺愛して浮舟を疎略にするので、その分浮舟をよい相手に縁づけたいと思っていた。

中将の君が目を付けたのが左近少将《さこんのしょうしょう》である。ところが、彼は結婚の日取りがせまった頃、浮舟が常陸介の実子でないと聞くと、これを破談にして常陸介の実子の十五、六歳の娘に乗り換えた。少将は常陸介の経済力を当てにしていたから、浮舟との結婚では実益を期待できないと考えたのである。常陸介は少将が浮舟ではなく実の娘と結婚したいというのを喜んだ。日ごろ妻が浮舟を特別扱いするのを腹立たしく思っていたのである。

「人形」としての浮舟

こうした浮舟の境遇は次のようにまとめることができよう。浮舟は八の宮と中将の君と常陸介という三人の親たちの葛藤のはざまで翻弄された。彼らは互いの葛藤や利害やエゴを浮舟にしわ寄せしたのである。それは比喩的にいえば彼らの罪や穢れを浮舟に転嫁したのであり、ここでも浮舟は「人形」とされたといってよい。

さらに八の宮の娘として認知されなかった浮舟は常陸介の継娘として受領の娘であるほかはないのだが、彼女はそこに安定することも許されなかった。常陸介の世界は左近少将の功利主義に代表されるように、生まれの高貴さすなわち貴種性には何の価値も置かず、浮舟はそこでは余計者、半端者であった。八の宮の子であっても宮家の娘ではなく、受領の娘であっても常陸介の子ではないというところに、浮舟の不安定さがあった。浮舟は安心して帰属できる「家」を奪われていたのである。貴族社会のヒエラルキーのなかで現実には受領の娘でしかないにもかかわらず、そこに居場所を得られず締め出されるのである。ここにも流離する「人形」の性格を認めることができる。

もうひとつの世界への夢

中将の君は左近少将の打算的な態度を恨み、少将の通ってくる常陸介の邸に浮舟を置いておくわけにはいかないと思案の挙げ句、二条院の中君に一時預かってほしいと頼んだ。中君は父八の宮が認知しなかった浮舟を預かることを躊躇したが、劣り腹(母の身分が低いこと)の姉妹が現れることは珍しいことではないし、事情があって困っている異母妹をそっけなく断るべきではないと年輩の女房から言われて引き受ける。こうして浮舟は中君のもとに身を寄せた。

浮舟は中君と親しくしたいと思っていたから、左近少将との破談はまったく意に介さず、むしろうれしく思った。中君から亡き父八の宮の話を聞くと、一度も会えなかったことを残念に思うとともに、中君のもとにいられることを喜んだ。彼女は常陸介の世界から抜け出ることを願い、宮廷貴族の世界に憧れていたのである。

浮舟を連れて中君を訪ねた中将の君は匂宮と中君夫婦の睦まじい様子を見たり、常陸介の邸では立派に見えた左近少将が見栄えのしない顔で匂宮にひざまずいているのを見たりして、少将を好ましい婿と思ったことを情けなく思い、浮舟は高貴な方の側に置いても遜色はあるまいなどと思い続けた。さらに中君を訪ねてきた薫をのぞき見たとき、七夕のような年に一度の逢瀬であっても浮舟はぜひ薫と結婚させたいと思い、中君から薫の意向を伝えられるとすべてを一任した。浮舟が上流貴顕の世界に入ることは中将の君の夢でもあった。

しかし、そこが浮舟にとって安住の場所になりえないことは中将の君の八の宮との屈辱的な結婚に照らせば明らかであったはずだが、常陸介の世界で余計もの扱いされた浮舟はそこからの離脱を夢見るほかない。

3　浮舟の悲劇

薫、浮舟を宇治に迎える

薫は中君から浮舟を紹介されたが、その時はそれ以上の進展はなかった。その後宇治を訪ねたとき、弁の尼からくわしい話を聞いて逢ってみたいと思うようになり、母中将の君への取り次ぎを頼んだ。さらに年が改まって女二の宮と結婚した後、宇治の寺の造営の検分に出かけたときに、長谷寺参詣の帰途に八の宮邸に立ち寄った浮舟と偶然に出会い、大君にそっくりの容姿に感動し、今まで放っておいたことを後悔したが、それでもすぐに引き取るわけでもなく月日が過ぎた。

こうして中君に紹介されてからちょうど一年後、いくつかの曲折を経て薫はやっと浮舟を宇治に連れて行き、当分はここで暮らさせることにした。これは浮舟とその母にとっては夢が一歩実現に近づいたかに思えたことであった。

報復の構図

ところが、浮舟が一時二条院に身を寄せたとき、匂宮がすぐに目をつけて言い寄った。その時は乳母が厳しく監視して大事に至らなかったが、その後浮舟が行方知れずになったことを匂宮は不審に思っていた。浮舟は宇治で暮らすようになっていた。年が改まって、浮舟から中君に届けられた年賀の挨拶を見た匂宮は、浮舟が宇治にいることを察知した。匂宮は自分の漢籍の師の大内記《だいないき》が薫の家司《けいし》の娘婿であることを利用して事情を聞き出し、事態を了解した。匂宮は即断即決の行動派である。大内記を手なずけて薫を装って宇治を訪ね、浮舟に密会した。

浮舟巻の冒頭は、ことさらに匂宮の好色癖を「御さまよからぬ御本性《ほんじょう》(体裁の悪いご性分)」(浮舟)と強調し、目を付けた女房には実家にまで押し掛けるほどだと語るが、匂宮を浮舟へと駆りたてたのは単にそのような「御本性」がすべてであったのではない。むしろ浮舟を目ざした匂宮の行動の根底には、中君と薫への嫉妬があった。大内記から薫が宇治に浮舟を隠していることを聞き出した匂宮は、常々道心を口癖にする薫の化けの皮をはがした気になり、大内記を相手に薫批判を喋々する。彼は中君と薫が心を合わせて浮舟を隠していたと、激しい嫉妬に駆られたのである。浮舟に向かう匂宮には報復的情動があったと見てよい。

必ずしも顕在化して語られているのではないが、これは薫に妻を奪われたと疑う匂宮が、薫の愛人に密通して報復するという構図である。薫と中君の密通の可能性は大君の死の直後から張りめぐらされていたが、それは同時に匂宮の疑心暗鬼をかきたてたからである。

宇治で大君の喪にこもる薫の憔悴した姿が美しく優美なのを見た匂宮は、この時から「女ならば必ず心移りなむと、おのがけしからぬ御心ならひに思し寄る」(総角)と、薫と中君の密通を危惧した。以後薫に対して、「疑はしき下の心にぞあるや」(早蕨)との疑いを決して手放さない。その疑いは中君の身体にしみこんだ薫の「御移り香」(宿木)に感づいた時、仮借のない猜疑心へと伸びていく。浮舟に向かった匂宮の背景にはこのような経緯があった。

匂宮の行動には薫に対する不信、猜疑、対抗心、報復的意識の所在を認めてよい。浮舟に対する惑乱のはなはだしさは、浮舟が薫の女であるということと分かちがたく結びついていた。

薫の誤解

薫を装って浮舟と逢った匂宮はそのまま翌日もとどまった。男が匂宮であることを知ったのは浮舟と女房の右近の二人だけなので、一切の対応は右近が一人で取り繕った。浮舟は薫の落ち着いた奥ゆかしい態度とは正反対の、匂宮の情熱的な惑乱ぶりに接して、これが愛情の深さであろうと思い、その輝くような美しさを見るにつけても気持ちは薫から匂宮に移った。

薫は二月になり公務が落ち着いたころ久しぶりに宇治を訪ねた。浮舟は匂宮の情熱にひかれる心を軽薄なことと思う一方で、行く末長く頼りになりそうな薫に自分の不埒なことを聞かれて、見捨てられる心細さを思って思い悩んだ。そういう浮舟を薫は宇治で寂しく暮らすあいだに成長したと思って、愛情を深めた。薫は月が変わったら浮舟を自邸の三条の宮の近くの家に移す予定だと話した。しかし、こうした誤解によって愛着を募らせる薫の世界に浮舟の居場所はありえまい。

匂宮、浮舟と再会

二月、宮中で詩宴が行われた夜、薫が浮舟を思っていることに気づいた匂宮は、焦燥に駆られてさっそく無理な算段をして雪の中を訪問した。この時も薫の来訪を装ったが、今回は宇治川の対岸の隠れ家に浮舟を連れだして二日間を過ごした。右近は邸での対応に当たり、もう一人の女房の侍従が浮舟に付き添った。宇治川を渡るときに匂宮は中洲の小島の常磐木になぞらえて、浮舟への変わらぬ愛を誓ったが、それに対して浮舟は次のように返歌した。

橘《たちばな》の小島の色はかはらじをこの浮舟ぞゆくへ知られぬ　(浮舟)

橘の小島は匂宮をたとえる。宮のお気持ちは変わらないでしょうが、私はこの浮舟のようにどこへただよっていくのか分かりません。浮舟の名前と巻名の由来になった歌である。匂宮の愛の誓いを受け入れながら、しかし、自分がはたして匂宮を頼りにできるのか、宮に連れ添っていけるのか分からぬというのである。「人形」として呼び出された彼女が、わが身を「浮舟」

にたとえたことは、彼女の人生を象徴する。
対岸の隠れ家でも、匂宮は浮舟に夢中なあまりに雪道や汀の氷を踏み分けて訪ねてきたのだと、饒舌に話した。浮舟は答える。

降り乱れみぎはに氷る雪よりも中空《なかぞら》にてぞわれは消《け》ぬべき　（浮舟）

降り乱れて川の岸辺に氷りつく雪よりもはかなく、私は空の中途で消えてしまうでしょう。「中空にてぞわれは消ぬべき」は、匂宮と薫の間でどちらに決めることもできず自分は死ぬのだろうという不安を詠むのである。匂宮から「中空」とは何かと咎められて、浮舟は不都合なことを詠んだと恥じたが、それが彼女の実感であったと理解してよい。流離する女君としての浮舟の人生をこの歌も象徴していた。

死を決意する浮舟

薫は女二の宮の了承を得て四月に浮舟を京に迎えることにしたが、その情報が大内記を通して匂宮に筒抜けになっていたので、匂宮は先手を打って三月中に浮舟を京に移す準備をした。そのさなかに薫の使いと匂宮の使いが宇治の邸で鉢合わせした。薫の使いが不審に思い機転を利かせて調べ上げ、匂宮の密事は薫の知るところとなった。薫は匂宮に怒りを覚えるとともに、浮舟に対しても裏切りをなじる歌を贈り、その後は邸の厳重な警護を命じた。

警護には山城や大和にある薫の荘園の者たちが当たったが、彼らは薫の意を汲む内舎人《うどねり》の縁者で、見張りは厳重をきわめた。内舎人は中務省《なかつかさしょう》に属して四位五位の子弟を採用して貴人の警護に従事した者だが、そのため権威を笠に着ての放埒が多かった。薫の荘園の者たちはそういう内舎人の配下で、「いみじき不道《ふどう》の者ども」(浮舟)といわれるような無頼な者たちであった。

そういう中で女房の右近や侍従は浮舟に匂宮に従うことを勧め、浮舟がその気になれば何とでも手だては考えられると話した。だが浮舟は匂宮を恋しく思っていても、匂宮に従うことはあってはならないことだと思うので煩悶し、ついに死を決意する。宮からの恋文をも人目に付かぬように処分した。

匂宮は三月のその日と決めて連絡したが、浮舟からは返事がないので思いあまって宇治を訪ねた。しかし警護がきびしく、とても逢うことはできなかった。匂宮が近くまで来ながらむなしく帰ったと聞かされて、浮舟は涙に暮れた。翌日匂宮と母から手紙が届けられ、浮舟は二人への返事をしたためて死出の道に旅立つ。

鐘の音《おと》の絶ゆるひびきに音《ね》をそへてわが世つきぬと君に伝へよ　(浮舟)

山寺の鐘の音が消えてゆく響きに、私の泣く音を添えて、私は死んだと母に伝えてください。「鐘の音」は母中将の君が夢見が悪かったと言って、浮舟のために山寺に誦経を依頼した、その鐘の音である。

薫と匂宮の反目

浮舟が失踪し、宇治の邸は大騒動になった。女房の右近は浮舟の手紙を見て入水したと推測し、母中将の君はこの時初めて浮舟が薫と匂宮の二人に愛され苦しんでいたことを知らされた。右近や乳母たちは噂の広がるのを恐れ、夜具などを亡骸のように装ってその日の夜に火葬を行った。薫は母の女三の宮の病気平癒の祈願のために石山寺に参籠中であったので、火葬のことも終わってから聞き、軽率な葬儀を咎め、四十九日の法要を盛大に営んだ。匂宮は浮舟失踪後、病に臥したが、見舞いに訪ねた薫は浮舟の死を話題にした上で、匂宮の愛人として紹介したかったなどと皮肉を言うのだった。

浮舟の失踪後、薫と匂宮は互いに不信や嫉妬をわだかまらせていた。とりわけ薫の側に嫉妬と屈辱の思いが深い。彼は中君に対して疚しさをもたないのみか、「わが心の重さ」(浮舟)を自負していたから、浮舟に通じた匂宮に対する不信や嫉妬は報復的な意志にまで高まった。

明石中宮腹の女一の宮をかいま見て心をひかれた薫は、そこの女房たちと親しくなろうとするが、しかし、几帳面な性格ゆえに意に反して戯れをも固苦しいものにしてしまう。その薫の前で匂宮はいとも無雑作に女房たちとうちとける。薫はいたたまれない嫉妬をおぼえる。

薫は匂宮のために妬ましくつらい目にあったと思うと、口惜しくてたまらない。この女一の宮付きの女房の中で、匂宮の愛人となっているような女を籠絡して、自分が経験したのと同じように、匂宮にも口惜しく恨めしい思いをさせたいと思う。これは執拗な報復の思いである。しかも真実思慮ある女ならば、自分の方にこそなびくはずだとまで自負する。

父式部卿宮(光源氏の弟の一人)が亡くなり、女一の宮の女房になった宮の君へは、匂宮がさっそく「本性あらはれて」(蜻蛉)言い寄った。それを承知の上で薫は宮の君の局を訪れて恋を訴えた。この薫の振舞いは、それが薫としては珍しいことだけに、匂宮に対する鼻を明かしてやりたいという対抗意識が明らかである。現実には彼はそれ以上前進することはないのだが。

一方、匂宮も同じような振舞いに及んでいた。女一の宮の女房の小宰相《こざいしょう》は匂宮には見向きもせずに、薫に心をよせていた。それを匂宮は癪に思い薫との仲を裂こうとして言い寄っていた。小宰相の毅然とした態度によって事はならなかったが、浮舟に続いて薫の女に再度いどんでいたのである。これらのエピソードは薫と匂宮の確執が浮舟の事件以後、女房相手にサヤ当てのように繰り返され、そこに報復的な思いが伏在したことを示している。

「人形」の生涯

浮舟はこのような二人の男の相互不信と報復的対抗心の狭間で翻弄されたにすぎなかったのではないか。浮舟の物語は一人の女を二人の男が争う妻争い説話の型に拠りながらも、薫と匂宮は決して浮舟に優劣つけがたい純愛をさし向けたのではなかった。「人形」には純愛の狭間で死ぬというような甘美な死は許されない。浮舟は薫と匂宮の不信や嫉妬を撫でつけられて斃《たお》れたのである。入水は浮舟の「人形」性を完成する道であった。女房は浮舟の失踪について大海原に消えたのだろうと言ったが、それが「人形」の行き着く先であった。

物語の構想としては浮舟は薫・中君・匂宮という三角関係の中君の位置に代入されて、元来中君に負わされていた悲劇を引き受けたのだといえるが、それだけでなく浮舟は彼らの葛藤や確執を一身に背負わされた「人形」として生かされ、死を選んだのである。

4　浮舟は再び生きられるか

見知らぬ国へ

失踪した浮舟は死んだのではなかった。宇治の院の裏庭の大木の根本に倒れていたところを横川僧都《よかわのそうず》に助けられたのだった。僧都は高徳の僧で山籠もりしていたが、母尼と妹尼が長谷寺に参詣した帰途、母尼が発病したので加持のために下山した時に、浮舟を発見したのである。

母尼の回復を待って浮舟は比叡山のふもとの小野にある母尼と妹尼の住む庵に伴われた。妹尼は浮舟を先年亡くした娘の身代わりに長谷観音が授けてくれたのだと喜び、看病した。浮舟は意識不明の状態で四月、五月と生死の境をさまよったが、妹尼が僧都に頼んで加持をしたところ物の怪が調伏されて、浮舟は意識を回復した。

意識を回復したとはいえ、はじめ浮舟は周りにいるのは皆見たことのない老法師たちなので見知らぬ国に来たようで、自分がどうしてここにいるのか、どこに住んでいたのか、名前は何と言ったのかもはっきり思い出せなかった。次第に思い出したことは、自分が身を投げようとしたこと、皆が寝たあとどこと当てもなく部屋からさまよい出て、中途半端な気持ちで、帰るわけにも行かず鬼にでも食われたいとじっと坐っていた時に、匂宮と思われる男に抱かれたが、男は見知らぬ所に自分を置いて姿を消したというようなことであった。

この匂宮と思われる男に抱かれたという幻覚は浮舟にとって最も願わしい死にかたを暗示していたと思われる。匂宮に誘われて死ぬこと、匂宮との情死が願われていたのである。それは匂宮が浮舟に向かってどこに隠れようとも必ず探し出して一緒に死のうと言っていた言葉と呼応する。

出家――過去との決別

こうして正気に返った浮舟は妹尼に出家させてほしいと訴えた。妹尼は浮舟の世話をしつつ、亡くなった娘の婿である中将と浮舟を結婚させたいと思う。中将はあたかも薫のミニチュアのような男で道心があり、誠実であった。彼は浮舟に求婚する。

浮舟を亡き娘の形見だといって慈しむ妹尼は、九月になったころ長谷観音へのお礼参りと祈願のために浮舟を誘った。妹尼はあたかも母中将の君のようである。浮舟も昔母や乳母が同じように長谷参詣に連れて行ってくれたことを思い出す。浮舟の前にはかつての現実が再現されるかのように繰り広げられた。彼女はかつての「人形」と変らない人生を与えられようとしたのだが、それをとおして浮舟は過去を対象化し、過去への自覚的な別れを生きる。

浮舟はこれまでの半生を回想し、母のこと、東国のこと、中君のことを思い出す。薫に迎えられて身の上が落ち着くかと思った時に、匂宮との密通によってすべてが台無しになったが、それも宮をいとしいと思った自分の料簡が間違っていたからだと思う。匂宮との愛欲に溺れた自分に決別する一方で、薫の誠実さを見直しつつ、もう薫のことも思うまいと思い直す。

過去に決別しようとする浮舟は、妹尼の留守中にたまたま横川僧都が女一の宮の加持のために下山する途中で、小野の庵に立ち寄ったのをよい機会と思って、僧都に必死に出家を頼み念願をかなえた。

亡きものに身をも人をも思ひつつ棄ててし世をぞさらに棄てつる
限りぞと思ひなりにし世の中をかへすがへすもそむきぬるかな　（手習）

わが身も人も亡くなったものとして棄てた世をさらに棄ててしまった。もうこれまでだと諦めた世の中をまた繰り返し棄てたことだ。出家した浮舟が手習として書きつけた歌である。

薫を拒否する浮舟

横川僧都は女一の宮の夜居《よい》の護持に奉仕して宮中に滞在中、明石中宮との世間話のなかで宇治の院で浮舟を発見した時のことを話した。これが中宮から薫に伝えられて、薫は浮舟の生存を知る。薫はさっそく横川僧都を訪ね、僧都はくわしく浮舟発見以来のことを話した。薫は僧都に小野まで案内して浮舟に会わせてくれるように頼んだ。僧都は僧侶の立場でそれはできないと断りながら、薫のたっての懇願に負けて浮舟への手紙を書いた。それには還俗して薫の愛執の罪を晴らしてやるようにという趣旨のことが書いてあった。

薫はこの手紙を浮舟の弟の小君《こぎみ》に持たせて、自分の手紙と一緒に届けさせたが、浮舟は小君にも会おうとせず、薫の手紙にも返事をしなかった。妹尼をはじめ皆浮舟の強情さを非難したが、浮舟は泣き伏したまま動じなかった。

「形代」の物語の彼方

物語は泣き伏す浮舟を語ったあと、小君の頼りない報告を聞く薫が誰か浮舟をかくまっているのかと想像をめぐらすところで終わる。この最後は何を語っているのだろうか。

浮舟は死を決意したとき、薫のためにも匂宮のためにも不祥事を防ぐには、自分の命を捨てるのがよいと考えた。彼らのために浮舟は死のうとしたのだった。

ところが、薫と匂宮があらわしていたのは、浮舟がそのために死ぬに値しない現実であった。匂宮の情熱は冷めてみれば虚しさしか残らなかったし、浮舟がいなくなれば彼は新しい薫の恋人である小宰相《こざいしょう》に言い寄った。

薫もまた浮舟と小宰相を比較して、小宰相の方がすぐれていると考えた。薫にとって浮舟はその程度の意味しかなかったのである。大君の「人形」として代替不能のはずの浮舟が、大君や中君にくらべて劣るというのならともかく、一介の女房に比して劣るとされたことは、薫の内部で浮舟が占める固有な意味が薄れていたことを示している。あるいは薫にとって当初から「山里のなぐさめ」(浮舟)とされた浮舟の位相はその程度であったのである。それは浮舟が死ぬに値しない現実であり、そのような現実のために死ぬことはない、あるいは死んではならない。物語は浮舟をこのまま死なせるわけにいかなかったのである。

それでは浮舟はどう生きるのか。かつて浮舟を翻弄した現実が再び彼女を取りこもうとするのに対して、浮舟は抵抗する。「世に知らず心強くおはしますこそ」(夢浮橋)と非難されるが、浮舟はかたくなな拒絶によって、あるいは貴族社会に対して自己を異和的な存在たらしめることによって自己が自己であるための支えとした。浮舟に救いがあるとすれば、そのようにして彼女が外界の現実の力に対峙して自己を守りとおそうとしたこと以外にはない。しかし、そこには社会的に開かれていく人生の展望は何ら与えられていない。物語は浮舟をたった一人で貴族社会に向き合わせ、その孤独な抵抗においてすべてを閉した。泣き伏す浮舟の姿は現実の重さに抗する姿である。

第二部で紫の上によっていったん昇華されたかに見えた「形代」の物語は、ここではっきりと別の位相を見せる。「形代」の物語は理想の女性像を求める物語であり、紫の上は藤壺の「形代」として藤壺にまさる理想的な女性に昇華した。しかし、「形代」としての理想とは所詮男の立場からのそれでしかありえない。立場を変えて、女にとってそれが理想的な生き方なのかと問うたとき、作者は否定的にならざるをえなかったのである。

泣き伏す浮舟は「形代」となることを拒否するが、では浮舟が浮舟らしく生きることは可能なのか、彼女にはどのような生き方が残されているのか。物語はそうした問いをここでも投げかける。「形代」の物語は宇治十帖を通り抜けることによって、女の立場から女の人生を考える物語へと変換されていたのだといえよう。正編における「形代」の物語の克服である。

そのような浮舟を薫は誰か男にかくまわれているのではないかと想像する。この卑俗さは、横川僧都に向かって「心の中《うち》は聖《ひじり》に劣りはべらぬものを」(夢浮橋)と言ってはばからない薫の道心への自負をそらぞらしく感じさせる。薫こそ浮舟が堪えねばならない重い現実であった。

そのような浮舟の造型が語りかけてくるものは何だろうか。それは現実に対する絶望をも希望をも虚妄として、崩れそうになりながらも屈服を潔しとしない、物語作者の精神の所在にほかならないのである。

エピローグ

源氏物語は読者に意味を問いかける物語になっているとプロローグで述べたが、浮舟の物語の最後もまたそうであった。源氏物語はここで終わったのか、未完ではないのかという議論があるが、物語はここで終わっているし、作者はここで物語を閉じたと考えてよい。

しかし、読者にはその先の物語への期待や想像をいだかせる終わり方であることも間違いない。浮舟は薫を拒みきれるのか、出家をまっとうできるのか、薫は浮舟をどのように処遇するつもりなのか、薫じしんの出家の問題はどうなるのか等々、夢浮橋巻の物語を読み終えた読者はそのようなことに思いを馳せるにちがいない。そのような終わり方である。そうした関心から後世続編として書かれた作品に『山路の露』がある。

浮舟の将来は出家したとはいえ、決して安定したものではない。浮舟のその後に思いを馳せることは、彼女の人生はどうあるべきなのかということを考えることである。そこには女の人生はどうあるべきなのかという作者の問いかけがあると考えてよい。夢浮橋巻の物語もまた桐壺巻以来の読者に意味を問いかける方法によっているのである。

いったい源氏物語の作者紫式部とはどのような人だったのか。紫式部は生没年も定かでないが、岡一男によれば天延元年(九七三)の生まれである(『源氏物語の基礎的研究』)。今井源衛はこれを再検討して天禄元年(九七〇)の出生とした(『王朝文学の研究』)。確実な資料はないが、この頃の誕生と考えられている。没年は長和三年(一〇一四)とも寛仁三年(一〇一九)以降とも言われている。

紫式部の家系は藤原北家、左大臣冬嗣の六男良門の流であるが、式部の曾祖父の兼輔《かねすけ》(八七七〜九三三)が醍醐天皇に娘桑子を入内させて皇子章明《のりあきら》親王を儲け、従三位中納言になったのが最高の栄達であり、それ以上に立身した者はいない。同じ冬嗣の子孫でも道長に至る良房・基経の門流が摂関家として繁栄したのに対して、式部の祖父雅正《まさただ》、父為時は代々国守を歴任する五位の受領層の身分におさまっていた。

しかし、官職はそれとして兼輔は『古今和歌集』の撰者となった紀貫之や凡河内躬恒《おおしこうちのみつね》などその時代を代表する歌人たちの集まるサロンを主催し、『兼輔集』という家集を残した風雅の貴族であり、為時は漢詩人として活躍しただけでなく、勅撰和歌集の歌人でもあった。紫式部の家系には父方母方ともに歌人として名を勅撰和歌集に残した者が多く、彼女は文学的環境にはめぐまれていた。

『紫式部日記』には弟の惟規《のぶのり》が父為時に漢籍を習うときに、彼女もそばで聞いていたが、理解も覚えも抜群であったから、彼女が男子ならよかったと為時が嘆いたという有名な話がある。『白氏文集』を中宮彰子に進講したのも、また源氏物語に『史記』をはじめ多くの漢籍が引用されるのも、少女時代の漢籍の学習の土台があったからである。紫式部は少女時代に父為時の薫陶を受けて和歌や漢詩、漢籍に親しんだのである。それはその時代の正統な和漢の文学であり、その素養が源氏物語を他の物語作品と区別するものになっている。彼女が『竹取物語』や『伊勢物語』を愛読したことは源氏物語の絵合《えあわせ》の行事(第四章参照)によっても明らかであるが、そうした物語への親炙だけでなく和歌、漢詩、漢籍を広く深く読みあさり読みふけったことが源氏物語の土台を形作っているといえる。

しかし、文学的に恵まれた環境にあったとしても、それだけでは源氏物語の作者の誕生の秘密を明らかにしたことにはならない。紫式部の人生や資質の問題がある。

彼女の人生については『紫式部集』と『紫式部日記』によってある程度のことはわかるが、これまでの伝記研究によれば物心のつかないころに母と死別し、二十歳前後のころ姉に先立たれた。親しい女友達との交際があり、恋愛もしたが結婚には至らなかった。長徳二年(九九六)、二十七歳のころに父為時が越前守になったのに同伴して越前の国府に下った。そのころ十五歳以上年長の藤原宣孝から求婚されていて翌年単身帰京したが、結婚は二十九か三十歳である。当時としては大変な晩婚である。長保二年(一〇〇〇)一人娘の賢子が生まれるが、夫宣孝はその翌年には亡くなる。結婚生活は三、四年であった。その後寛弘二年(一〇〇五)に中宮彰子の女房として出仕した。晩年に至るまで彰子に仕え、寛仁三年のころには娘の賢子とともに出仕したといわれている。

その日記や家集を通して浮かび上がる紫式部の表情は憂わしげに重く沈んでいる。「憂き世」「憂き身」「憂し」という言葉が繰り返し出てくるが、その沈鬱な憂愁は何に由来するのか。現実的な理由としては宣孝とのあっけない死別という不運に始まり、寂しい寡婦生活から宮仕え女房に転じたことが薄幸悲運の意識や没落感となって「憂き世」「憂き身」の意識をつちかったと考えられよう。とりわけ宮仕えに出て道長の比類のない栄華を目の当たりに見るにつけ、自分の家系の衰退の歴史と重ね合わせて深々とした没落感を強めたと思われる。また宮仕えの人間関係に起因することもあったであろう。それが憂愁の背景に考えられる事情である。

その憂愁が紫式部の体内には宿痾のように住み着き、彼女にもの思いを強いるようになっていたのである。日記や家集を見ているとその感が強い。憂愁の思いが厭世観となり、ひいては出家への志向となるのだが、しかし、出家によって本当に来迎の雲に乗ることができるのだろうかという疑問を彼女は手放さない。出家に救いを託しながら確信を持ちえずに逡巡する。こうして現実世界にも出家の世界にも心の安住の場所を見いだせずに低徊する。それが罪障の深い自分には極楽往生の願いはかなわないのだろうという宿命観の嘆息になる。こうした輾転反側するもの思いを堂々巡りのように繰り返すのである。それが『紫式部日記』の世界であるが、その先には言葉にならない思いがさすらっているように見える。

源氏物語がいつ書き始められたのかはわからないが、宮仕えに出る前、寡婦生活の時期には執筆されていたであろう。それは右に見てきたような彼女の日常的な憂愁の思い、人生への不遇感、没落感を代償するような意味があったと思われる。道長の栄華をしのぐ源氏物語の主人公たちの栄耀栄華の世界には彼女の衰退する家門の見果てぬ夢が託されていたのかもしれない。しかし、栄華をきわめた光源氏の人生は悲哀で閉ざされ、物語の最後の浮舟の出家も薫の道心もともに仏道の悟りや救いとは無縁の次元にある。それが作者紫式部の見据えた人間の姿であったのであろうか。悩み迷うほかない人間の現実を掘り下げれば掘り下げるほど深い闇に直面する。紫式部の文学はそのような人間の世界を形象したように見える。

*　*　*

源氏物語はどのような文学か。ふだんは全体像をどう捉えるかというよりも、個別的なテーマに直面して考えることが多いので、今回は新書にまとめるために否応なくその問題に向き合った。初めての書き下ろしであり、新書らしい書き方、まとめ方を一通り飲み込むまでは正直なところかなり苦しかった。しかし、本当によい経験であった。編集担当の早坂ノゾミ氏の単刀直入のご指摘や質問によって文章も論旨も問題点も確実に明確になったと思う。これが源氏物語はどのような文学かという問いへの曲がりなりにも私の答えである。数多い源氏物語への案内書、啓蒙書の一つであるが、今日の研究を踏まえた内容になっていると思う。そのようなものとして読んでいただければ幸いである。

紙数の都合で参考論文を掲げることができないのが残念だが、多くの研究者の貴重な論著によってお教えをいただいたことを明記しておきたい。また本書を秋山虔先生の岩波新書の名著『源氏物語』の後に続いて同じ新書とすることができたのはありがたいことである。大学院のとき、秋山先生のゼミで初めて源氏物語を学んでから四十年になる。拙いが、本書は先生への報告でもある。思えば感慨深い。

二〇〇四年春

日向一雅

源氏物語年立《としだて》

源氏年齢	巻名	主要記事
	1 桐壺	○弘徽殿女御、第一皇子(朱雀帝)を出産
		○桐壺帝、桐壺更衣を寵愛する
1		○桐壺更衣、若宮(源氏)を出産
3		○桐壺更衣死去。帝、悲嘆の日々を過ごす
4		○第一皇子、東宮となる
7～11		○高麗の相人の観相により若宮、臣籍降下し、源氏姓を賜う
		○藤壺女御入内
12		○源氏、元服。同夜、左大臣の娘葵の上と結婚
17	2 帚木	○源氏、頭中将らと雨夜の品定
		○空蟬に逢う
	3 空蟬	○源氏、空蟬に拒まれる
	4 夕顔	○秋、源氏、夕顔に逢う
		○八月十六夜、夕顔、物の怪にとり殺される
18	5 若紫／6 末摘花／7 紅葉賀	○三月、源氏、北山で紫の上を見出す
		○夏、源氏、藤壺と逢い、藤壺懐妊
		○源氏、夢占い
		○秋、源氏、末摘花に逢う
		○十月、源氏、行幸前の試楽で頭中将と青海波を舞う
		○冬、源氏、紫の上を二条院に迎える
19	7 紅葉賀	○二月、藤壺、若宮(冷泉帝)を出産
		○七月、藤壺、中宮となる
		○桐壺帝、若宮の立坊を考え、譲位を決意

20	8 花宴	○二月、南殿の桜花の宴。同夜、源氏、朧月夜と逢う
21		桐壺帝譲位し、朱雀帝即位、若宮、東宮となる
22	9 葵	○四月、新斎院御禊の日、葵の上と六条御息所方の車争い ○秋、葵の上、夕霧を出産して死去 ○冬、源氏、紫の上と結婚
23	10 賢木	○九月、六条御息所、斎宮とともに伊勢に下向 ○十一月、桐壺院死去
24		○十二月、藤壺出家
25		○夏、源氏、朧月夜との密通露顕。弘徽殿大后、源氏失脚を画策
	11 花散里	○五月、源氏、花散里を訪ねる
26	12 須磨	○三月、源氏、須磨に下る ○秋、明石入道、源氏の流謫を知り、娘と源氏との結婚を思う
27		○二月、三位中将(旧頭中将)、源氏を見舞う ○三月、海辺で上巳の祓をする
	13 明石	○三月、大暴風雨に襲われる。源氏、明石に移る ○八月十三日、源氏、明石の君と結婚
28		○春、朱雀帝、眼病に苦しみ、譲位を考える ○七月、源氏召還の宣旨下り、帰京
29	14 澪標	○二月、朱雀帝譲位、冷泉帝即位、光源氏内大臣 ○明石の君、明石姫君を出産 ○夏、源氏、末摘花と再会 ○藤壺、女院となる ○秋、源氏、住吉詣。斎宮、六条御息所帰京。御息所、死去
	15 蓬生	
	16 関屋	○秋、石山詣での途次、源氏、空蟬一行に遇う
31	17 絵合	○春、前斎宮(梅壺女御)入内。弘徽殿女御と絵合を競う
	18 松風	○秋、二条東院落成。明石の君・明石姫君、大堰の邸に移る ○冬、源氏、明石姫君を紫の上の養女とする
32	19 薄雲	○春、藤壺死去 ○夏、冷泉帝、出生の秘密を知る

	20 朝顔	○秋、源氏、朝顔に求婚。紫の上苦悩する
33	21 少女	○夏、夕霧、大学入学 ○夕霧と雲居の雁の恋 ○秋、梅壺女御、中宮となる(秋好中宮)。源氏、太政大臣昇進。頭中将、内大臣になる
34	21 少女	○春、夕霧、進士に及第。秋、五位侍従となる
35	21 少女	○秋、六条院完成
35	22 玉鬘	○玉鬘九州より上京し、長谷寺参詣で右近と遇い、冬、六条院に入る
36	23 初音	○六条院の正月。正月十四日、男踏歌
36	24 胡蝶	○三月、六条院春の町の船楽。蛍宮ら、玉鬘に心を寄せる ○秋好中宮の季の御読経 ○源氏、玉鬘に恋情を訴える
36	25 蛍	○五月、蛍宮、玉鬘を見る ○源氏、玉鬘を相手に物語論を語る
36	26 常夏	○六月、夕霧と雲居の雁との結婚を巡り、源氏と内大臣(旧頭中将)対立。内大臣、近江の君を引き取り、その処遇に困惑する

	27 篝火	○七月、源氏、玉鬘に執心し悩む
	28 野分	○八月、野分の吹き荒れた朝、夕霧、六条院を見舞い紫の上を見る
	29 行幸	○十二月、大原野行幸
37	29 行幸	○春、源氏、大宮と内大臣に玉鬘の素姓を明かす ○二月、玉鬘の裳着
37	30 藤袴	○秋、玉鬘、尚侍としての参内が十月と決まる ○九月、多くの懸想人が玉鬘に文を寄せる
37	31 真木柱	○冬、鬚黒、玉鬘と結婚 ○鬚黒の北の方、父式部卿宮邸へ去る
38	31 真木柱	○正月、玉鬘、尚侍として参内する ○鬚黒、玉鬘を自邸に移す ○冬、玉鬘、男子出産
39	32 梅枝	○春、六条院での薫物合せ ○二月、明石姫君、裳着 ○源氏、明石姫君の入内のために調

(39)		○（前頁より）度、草子類を準備する
(39)	33 藤裏葉	○四月、夕霧と雲居の雁結婚。明石姫君、東宮に入内 ○秋、源氏、準太上天皇になる ○十月、冷泉帝と朱雀院、六条院に行幸【以上　第一部】
(39)	34 若菜上	○冬、朱雀院、病のため出家を決意し、女三の宮の前途を憂慮する ○源氏、朱雀院の出家を見舞い、女三の宮の降嫁を承諾する
40	34 若菜上	○正月、玉鬘、源氏の四十賀を催す ○二月、女三の宮、六条院に輿入れ。紫の上、苦悩する ○夏、明石女御懐妊、六条院に退出し、紫の上、女三の宮と対面 ○冬、紫の上、秋好中宮、冷泉帝、相次いで源氏四十賀を催す
41	34 若菜上	○三月、明石女御、東宮の第一皇子を出産 ○三月、柏木、六条院の蹴鞠で女三の宮をかいま見る ○柏木、女三の宮に文を贈る ○蛍宮、真木柱と結婚

46	35 若菜下	○冷泉帝譲位し、東宮即位、明石女御腹の第一皇子が立坊する ○十月、源氏、住吉参詣。明石女御・紫の上・明石の君らを同伴
47	35 若菜下	○正月、六条院の女楽。紫の上発病し、三月、二条院へ転居 ○四月、柏木、女三の宮と密通 ○紫の上危篤。六条御息所の死霊が現れる ○女三の宮懐妊。源氏、密通を知る。柏木、源氏を懼れる ○十二月、朱雀院五十賀の試楽に柏木、六条院を訪れ源氏と対面
48	36 柏木	○春、女三の宮、男子(薫)出産。出家を望む。朱雀院、女三の宮に授戒 ○柏木、夕霧に後事を託し、死去 ○夏、夕霧、落葉の宮を訪問
49	37 横笛	○秋、夕霧、落葉の宮を訪ね、柏木の遺愛の笛を贈られる。柏木、夕霧の夢枕に立つ
50	38 鈴虫	○夏、女三の宮の持仏開眼供養 ○八月十五夜、源氏、女三の宮のもとで鈴虫の宴。冷泉院で月見の宴

年齢	巻	事項
	(39) 夕霧	○秋、夕霧、落葉の宮に求婚 ○落葉の宮の母、夕霧の不実を恨んで死去。落葉の宮、夕霧を拒否 ○冬、夕霧、落葉の宮と結婚
51	(40) 御法	○三月、紫の上、法華経千部供養 ○八月、紫の上死去。翌十五日葬送。源氏、悲嘆し出家を決意する
52	(41) 幻	○十二月、源氏、紫の上を哀傷しつつ一年を終え、紫の上の手紙を焼く **【以上 第二部】**

薫年齢	巻	事項
14	(42) 匂宮 / (44) 竹河	○二月、薫元服、侍従となり、秋には右近中将となる
15〜	(42) 匂宮 / (44) 竹河	○夕霧の息、蔵人少将、玉鬘の大君を恋する ○匂宮、薫と競い、「匂ふ兵部卿、薫る中将」と並び称される
19	(42) 匂宮 / (44) 竹河	○薫、三位宰相となる
20	(45) 橋姫 / (44) 竹河	○薫、八の宮と文通し、宇治を訪ねる
22	(45) 橋姫 / (44) 竹河	○秋、薫、大君・中君をかいま見る ○冬、薫、弁の尼から出生の秘密を聞く
23	(46) 椎本	○二月、匂宮、初瀬参詣の帰途、宇治を逍遥 ○秋、薫、中納言になる ○八月、八の宮、姫君たちの後見を薫に託して死去 ○冬、薫、大君に胸中を訴える
24	(47) 総角 / (43) 紅梅	○八月、八の宮一周忌。薫、大君に求婚するが、大君拒否 ○匂宮、薫の案内で宇治を訪ね、中君と結婚。大君、薫を恨む ○十一月、大君死去 ○薫、大君をしのんで宇治に滞在
25	(48) 早蕨 / (49) 宿木	○二月、中君、二条院へ移る ○八月、匂宮、夕霧の六の君と結婚。中君苦悩する ○匂宮、薫と中君の仲を疑う ○薫、中君から異母妹(浮舟)の存在を聞く
26	(49) 宿木 / (50) 東屋	○二月、薫、権大納言兼右大将に昇進し、女二の宮と結婚 ○四月、薫、宇治で浮舟を見る ○秋、浮舟、二条院に移り、匂宮に言い寄られる

		○九月、薫、浮舟を宇治へ伴う
27	51 浮舟	○正月、匂宮、宇治へ忍んで浮舟と契る ○薫、匂宮と浮舟の関係を知る ○三月、浮舟、煩悶の末に入水を決意
	52 蜻蛉 53 手習	○浮舟の失踪。遺骸のないまま葬儀を行う ○横川僧都、瀕死の浮舟を発見、妹尼、浮舟を介抱する ○九月、浮舟、横川僧都に懇願して出家する ○横川僧都、浮舟のことを明石中宮に話す
28		○春、薫、浮舟生存を知る
	54 夢浮橋	○夏、薫、横川僧都に浮舟との対面を要望 ○薫、消息を送るも、浮舟、受け取りを拒む **【以上　第三部】**

日向一雅

1942年山梨県に生まれる
1972年東京大学大学院博士課程単位取得退学，
博士(文学)
専攻―平安文学
現在―明治大学文学部教授
著書―『源氏物語の準拠と話型』(至文堂)
『源氏物語―その生活と文化―』(中央公論美術出版)
『源氏物語の鑑賞と基礎知識　須磨』『同　明石』『同　澪標』(編著，至文堂)
『神話・巫俗・宗教―日韓比較文化の試み―』(共編著，風響社)

源氏物語の世界　　岩波新書(新赤版)883

2004年3月19日　第1刷発行
2005年1月17日　第2刷発行

著　者　日向一雅《ひなたかずまさ》

発行者　山口昭男

発行所　株式会社 岩波書店
〒101-8002 東京都千代田区一ツ橋 2-5-5

電　話　案内 03-5210-4000　販売部 03-5210-4111
新書編集部 03-5210-4054
http://www.iwanami.co.jp/

印刷・理想社　カバー・半七印刷　製本・中永製本

ISBN 4-00-430883-6　　Printed in Japan

岩波新書創刊五十年、新版の発足に際して

岩波新書は、一九三八年一一月に創刊された。その前年、日本軍部は日中戦争の全面化を強行し、国際社会の指弾を招いた。しかし、アジアに覇を求めた日本は、言論思想の統制をきびしくし、世界大戦への道を歩み始めていた。出版を通して学術と社会に貢献・尽力することを終始希いつづけた岩波書店創業者は、この時流に抗して、岩波新書を創刊した。

創刊の辞は、道義の精神に則らない日本の行動を深憂し、権勢に媚び偏狭に傾く風潮と他を排撃する驕慢な思想を戒め、批判的精神と良心的行動に拠る文化日本の躍進を求めての出発であると謳っている。このような創刊の意は、戦時下においても時勢に迎合しない豊かな文化的教養の書を刊行し続けることによって、多数の読者に迎えられた。戦争は惨澹たる内外の犠牲を伴って終わり、戦時下に一時休刊の止むなきにいたった岩波新書も、一九四九年、装を赤版から青版に転じて、刊行を開始した。新しい社会を形成する気運の中で、自立的精神の糧を提供することを願っての再出発であった。赤版は一〇一点、青版は一千点の刊行を数えた。

一九七七年、岩波新書は、青版から黄版へ再び装を改めた。右の成果の上に、より一層の課題をこの叢書に課し、閉塞を排し、時代の精神を拓こうとする人々の要請に応えたいとする新たな意欲によるものであった。即ち、時代の様相は戦争直後とは全く一変し、国際的にも国内的にも大きな発展を遂げながらも、同時に混迷の度を深めて転換の時代を迎えたことを伝え、科学技術の発展と価値観の多元化は文明の意味が根本的に問い直される状況にあることを示していた。

その根源的な問は、今日に及んで、いっそう深刻である。圧倒的な人々の希いと真摯な努力にもかかわらず、地球社会は核時代の恐怖から解放されず、各地に戦火は止まず、飢えと貧窮は放置され、差別は克服されず人権侵害はつづけられている。科学技術の発展は新しい大きな可能性を生み、一方では、人間の良心の動揺につながろうとする側面を持っている。溢れる情報によって、かえって人々の現実認識は混乱に陥り、ユートピアを喪いはじめている。わが国にあっては、いまなおアジア民衆の信を得ないばかりか、近年にいたって再び独善偏狭に傾く惧れのあることを否定できない。

豊かにして勁い人間性に基づく文化の創出こそは、岩波新書が、その歩んできた同時代の現実にあって一貫して希い、目標としてきたところである。今日、その希いは最も切実である。岩波新書が創刊五十年・刊行点数一千五百点という画期を迎えて、三たび装を改めたのは、この切実な希いと、新世紀につながる時代に対応したいとするわれわれの自覚とによるものである。未来をになう若い世代の人々、現代社会に生きる男性・女性の読者、また創刊五十年の歴史を共に歩んできた経験豊かな年齢層の人々に、この叢書が一層の広がりをもって迎えられることを願って、初心に復し、飛躍を求めたいと思う。読者の皆様の御支持をねがってやまない。

（一九八八年一月）